AF131500

1

L'entre-deux vies

L'entre-deux vies

Amélie Contis

© 2020, Amélie Contis.

Édition : BoD – Books on Demand

12/14 rond-point des Champs-Élysées, 75008 Paris

Impression : BoD - Books on Demand, Norderstedt, Allemagne

ISBN : 978-2-3222-2426-5

Dépôt légal : septembre 2020.

A l'homme qui m'a sauvé la vie,

A ma fille,

A mes Belles-filles,

A mes amis,

A Patrick,

Et à toutes les jeunes filles, les femmes en quête d'une nouvelle vie sur la toile,

Gardez la confiance, et gardez le cap !

Ne vous laissez pas broyer par les chimères en ligne.

Prologue

Voilà, c'est fini.

J'ai mis fin à dix ans de vie conjugale stérile, aux atermoiements perpétuels, aux non-projets communs de vie.

J'ai 38 ans et ma vie n'a pas commencé, alors je vais la prendre en main. Ne pas attendre. Agir vite !

Je retrouve mon énergie, ma joie de vivre, mon optimisme à tous crins.

Le monde a changé.

Internet est mon allié.

Je vais bouffer la vie !

Accélérer les rencontres pour ne pas perdre un instant et débusquer l'homme de ma vie dans ce fatras de visages de mâles en quête. J'arrive !

Deux mois plus tard.

J'ai besoin d'écrire, de disséquer, de comprendre.

Pourquoi, ai-je tout de suite senti qu'il allait maîtriser la situation ? Pourquoi, ai-je filé à ce rendez-vous foireux en sachant que je n'avais déjà plus les moyens de me battre ?

Pourquoi n'ai-je pas voulu que ça s'arrête quand il m'a proposé de tout stopper ou d'aller plus loin ?

Pourquoi me suis-je jetée à corps perdu dans la gueule du loup ?

J'avais encore un peu de libre-arbitre en arrivant. Honteuse, avec un sourire d'excuse … prête à renoncer.

Nous nous sommes assis. Je me suis mise en position d'ouverture, d'écoute et j'ai absorbé, épongé son histoire. Du pathos prêt à ingérer ! Chouette, la belle aubaine.

Un ancien militaire, un homme quoi ! Avec son côté mâle, rassurant, il ne pouvait déjà plus rien m'arriver de grave. Et puis cette histoire de procès contre la Grande Muette, un combat perdu d'avance, une cause noble. Et la maladie, cette satanée maladie, dont je me fais croire qu'elle lui interdit tout. Enfin, surtout moi.

« Rien n'est possible », a-t-il prévenu. « Rien n'est possible ».

Je suis prévenue et pourtant, une communication forte s'installe, une entrée en relation intense, un partage. Et le piège se referme. M'engloutit.

Je m'étais promis et je ne me promets déjà plus rien.

Un physique qui se transforme sous mes yeux.

Avant l'histoire il n'était rien. Après, il était devenu désirable, incontournable, inévitable. Je lui ai tendu mon doigt. Juste pour rester en contact. Ne pas perdre le fil. Il l'a pris, a glissé le long de mon avant-bras.

J'étais cuite. Je les ai senties : la chaleur, la douceur de sa peau, ma béatitude.

Nous avons marché, nous sommes embrassés, puis caressés. J'ai tout laissé sur place, ma voiture et mes défenses. Je l'ai suivi. Dans sa voiture. Dans sa maison. Dans son lit. Un garçon doux, aux baisers doux. Attentionné, prévenant.

J'étais sans défense.

Je m'étais déjà posé la question de savoir si j'étais encore capable de me laisser aller. Me laisser toucher. C'est normal après une séparation, et la réponse était là, douce, chaude, tranquillisante. Oui, se laisser aller et le corps reprend ses droits, exprime ses envies et fait les gestes spontanés.

Une proximité extrême s'installe, une intimité totale, je m'offre et le prend.

La nuit a été sans répit, sans sommeil ou si peu. Au petit matin, la séparation brève avec une certitude : que cela a une suite. Le retour en vainqueur à la maison. Heureuse, grandie, épanouie.

Premier réflexe, rester en contact, lui écrire lui dire que je reste à lui s'il le veut.

Il m'appelle, il est là, je suis comblée. Puis mon départ, des SMS comme des bouteilles à la mer, avec ses vagues réponses volontairement dénuées d'affect.

Je tente de passer à autre chose, au néant, retour à mon équilibre précaire de solitaire par défaut. Retour au champ des possibles. Oui, mais avec moins d'entrain. Je sais que la vérité est là, dans l'échange, le partage, la chaleur et la complicité d'un nid à deux.

Je le déteste. Pour m'en sortir, simplement.

Je le rends démon, manipulateur.

Et puis il me rappelle, et je cours.

Pourquoi je n'ai pas eu une seconde d'hésitation ? Parce qu'il était évident qu'il y avait une suite. Je n'avais pas digéré, compris et pris juste ce qu'il y avait à tirer de cette histoire. J'en voulais plus. Surtout que je ne pouvais pas avoir tout. Et puis, je n'avais pas compris qui il était vraiment.

Pourquoi ce n'était pas possible. A cause de moi ? Difficile à entendre quand on est dans une phase de reconstruction et de remise en selle. Je retrouve le chemin, me glisse dans la chaleur du connu. La nuit est belle, sans sommeil ou si peu.

La séparation est moins brève. Mais je n'ai toujours pas compris. Et j'en veux encore.

Mais pourquoi ?

Le tout n'est pas possible. Pas souhaitable.

Alors pourquoi en vouloir plus ? Pour en faire quoi ? Pour répondre à quoi ? A quelle faille personnelle et qui ne le concerne même pas.

Je veux qu'on m'aime ! Ok, normal, classique.

Je veux défier son indifférence ? Peut-être, et finalement ce serait une victoire sur quoi ?

Pas sur moi !

La vraie victoire sur moi serait juste d'en tirer les apports. De comprendre le poids de ce qu'il m'a donné et qui m'a effectivement permis d'avancer, comprendre avec des mots. Pour bâtir ensuite une nouvelle étape.

Et le laisser, avec sa vie, qui n'a pas de lien avec la mienne. Dans son combat qui n'est pas le mien. Et ses supposés travers qui ne me regardent pas. J'ai compris que j'étais physiquement prête à recommencer. A tomber éperdument amoureuse, que mon corps le pouvait, que mon cœur suivrait. Devancerait. Trop vite, prêt à s'égarer. A se répandre, jusqu'à me donner la nausée. Jusqu'à me rendre folle.

Il me reste donc à le préserver. A le panser. A le canaliser pour qu'il ne s'attarde que sur ce qui me rendrait vraiment heureuse. Durablement. De façon constructive.

Oui, mais pourquoi alors est-il toujours enclin à me faire faire des choses contraires ? L'autodestruction n'est pas loin. Qu'est-ce que je veux m'infliger ? Me faire payer ou simplement me faire croire ? Pourquoi toujours ces mêmes scénarios ? Le comprendre, c'est la clef ! Et je ne l'ai pas trouvée.

Et si je recherchais simplement la vague ?

Celle qui emporte tout sur son passage et remet les compteurs à zéro. Celle qui déchire la tête, le cœur et me permet de me sentir exister, vraiment, profondément.

Je suis entière, excessive. Un juste milieu tiédasse ne me comble pas. Il faut un enjeu, un combat. Les tripes sur la table, comme au casino finalement. Le sentiment que tout peut basculer l'instant d'après. Oui, c'est ça. Le besoin de se sentir en danger pour exister. La souffrance fait partie du sentiment de vie. Exaltante. Et chaque victoire, ou simple pas, est un battement de cœur supplémentaire, un rattachement à la vie.

Et alors, pourquoi, à la moindre occasion je m'en remets à l'autre ? Parce qu'il n'a pas fallu plus de deux secondes de contact pour que ma main lui donne le signe de la soumission, inscrite en creux dans la sienne, moulée, recroquevillée …

La suite je ne la connaissais alors pas, et déjà j'avais abattu mes cartes. Mon moi profond. Besoin qu'on me prenne, qu'on me cajole, qu'il me protège.

C'est une forme de prostitution. Pas pour de l'argent. Juste pour un sentiment de chaleur, d'unicité. En fait, le problème c'est moi, et mon éternel désamour. Comment me faire enfin comprendre ce que je mérite. Que ce qui me conviendrait, je le mérite vraiment. Qu'il m'est accessible si toutefois je m'en donne la peine.

Retour à la périphérie du problème. Retour à la température plutôt qu'au mal lui-même : Lui.

Au début, quand je le voyais sur la toile, je le détestais de chercher autre chose. Et quoi à la fin ? Une autre conquête ? Mais je suis là ! Une vraie relation amoureuse ? Mais je suis encore là !

Quand je ne le voyais pas, je le pensais en séduction, en piste pour les étoiles. Avec une autre. La souffrance était là, dans mon ventre, au creux. Et puis, j'ai entendu qu'il n'était pas que ça. Qu'il était aussi sa passion pour le sport. Qu'une absence pouvait être saine, et tellement vitale pour lui.

Et puis, ça s'est transformé. Sa présence sur Internet est devenue rassurante. Il cherche, mais s'il cherche encore, c'est qu'il ne trouve pas. Qu'il n'a pas trouvé. Qu'il me voit. Il sait que je suis là aussi. Disponible. Son œil rieur me nargue.

Je lui assène des mots. Souvent. Toujours. Je lui parle à voix haute pour le brusquer. Jouer son jeu ambigu. Et puis je me regarde, et je me plains d'en arriver là. Il faut que je me reprenne. Que je me ressaisisse.

Alors je décide de ne pas répondre à sa prochaine sollicitation. Elle est inévitable. Je ne peux pas imaginer qu'elle ne se présente pas. Simplement, le timing, c'est lui. Il propose, il impose. Et je m'exécute, comme un bon petit soldat.

Oui, je ne suis qu'un bon petit soldat. Je peux décider que non, je dois décider qu'il ne m'imposera plus son timing et qu'il prendra le mien. Mais ça, ça n'est déjà plus sain.

J'attends encore la suite. Je dois décider de résister et de refuser une suite.

C'est un combat équivalent à celui d'arrêter de fumer ! le monstre de la dépendance se réduit au fur et à mesure du temps qui s'écoule depuis la dernière prise ! Prendre du temps. Se donner du recul. Permettre l'analyse à froid.

Oui, mais le recul, ça n'est pas pour aujourd'hui. Tandis que j'écris avec mes tripes, mes yeux le surveillent sur l'écran. Il est là, figé, présent, et me regarde avec son sourire en coin. J'écris sur un confetti pour assurer cette surveillance rassurante, vitale.

Alors demain ? Demain, c'est la rentrée des classes, et ma rentrée professionnelle. Je ne suis pas aussi faible dans cette autre vie. Energique, enjouée, et accaparée. Peut-être ce support mental me permettra-t-il de mettre un terme à ma drogue douce. Je vais me promettre de ne pas courir ventre à terre à la maison le soir pour voir s'il est là. Me jurer qu'une vie normale va reprendre et me rééquilibrer. Me rendre un peu d'oxygène.

Je vais me promettre que je ne mettrai pas en péril l'efficacité de mes jours par des nuits par trop agitées. Ma disponibilité de corps et d'esprit était à saisir pendant l'été.

Promets-moi.

S'il appelle ce soir ? Dire non.

Sûre ? Pas encore tant que ça ! Il serait préférable qu'il attende un peu pour appeler. Mon engagement n'en serait que plus fort. Ça, c'est déjà une première victoire ! Souhaiter le report de son appel. Tandis que je l'implore à chaque instant depuis des jours. Que je repousse chaque soir l'heure du coucher pour rester disponible à son désir nocturne.

Panique, tandis que je me répands, il a quitté la toile, il est parti ! Se baigner ? Nager ? Faire du vélo ? A la course aux étoiles ? Nous sommes Dimanche, je peux encore aménager toute ma journée pour lui. Pourtant j'ai des rendez-vous. Des engagements. Mais je le sais au fond de moi. Un geste de sa part, et tout saute ! Je trouve un moment. Je trouve toute la journée. J'annule tout. Je prétexte. Je ne mens pas. Je laisse entrevoir la légitimité de mon arbitrage. Je le sais mes amis comprendront. Ce sont des amis ! Sinon, ce ne serait pas la peine.

Je poursuis la surveillance depuis mon confetti. Peut-être est-il juste sous la douche ? En plein ménage ? Je l'avais moi-même abandonné quelques minutes. Pour le provoquer. Pour qu'il m'imagine ailleurs. Pour attiser sa convoitise. Et il en a profité pour filer. Je me plais à croire que mon absence l'a découragé. Quelle folie douce. Quelle prétention absurde.

Il n'est plus là, mais son visage est resté en ligne. Toujours ces yeux de défi au soleil couchant qui me disent « viens jouer », avec ce sourire de tentateur qui incitent au viol !

J'ai conservé un substitut de lui pour pouvoir le voir sans être vue ! Une copie grand-format sur mon disque du post-it qu'il a mis en ligne. Quand je l'ouvre, mes yeux montent au ciel d'exaspération, de supplice. C'est un geste répété maintes fois et que j'ai identifié à mon corps défendant. Quand je le croise par hasard, parce qu'il était ouvert en arrière-plan et que je clos mes sujets de premier plan, je laisse échapper un cri étouffé de souffrance. Un rappel tripal de la présence de la plaie et de la douleur. Du besoin de lui.

Une douleur entretenue. Oui, c'est la clé. Comprendre que j'entretiens cette douleur pour mieux désamorcer le piège que je me tends moi-même.

Est-ce que je l'auto-entretiens par la simple peur du vide ou le besoin de rêver en est-il la part fondatrice ? C'est sûrement les deux à la fois. La même quête au fond. En tout cas, c'est un vrai cas de confusion mentale. Ne pas substituer le support à la vraie aspiration. Changer de support pour le prouver.

Lâcher celui-là, le jeter comme un kleenex usagé qui n'aurait plus d'utilité. Sans violence ni haine. Ce serait un signe de faiblesse. Il n'y est pour rien dans tout ça, lui. Il ne fait que suivre sa propre route déjà parsemée d'embûches. Et quand bien même, ça ne lui ferait ni chaud, ni froid. Il n'a pas connaissance de mon état de démence.

…Encore que ! il connait les femmes et leur tendance naturelle à l'imbrication du cœur et du physique. Il savait dès le premier matin que j'étais cuite et en attente. Il me l'a dit. Il savait que je rappellerais. Peut-être m'aide-t-il volontairement en ce moment en cultivant son absence ?

Peut-être serait-ce plus simple pour lui de se servir de moi pour satisfaire son appétit ? Mais peut-être que je ne lui ouvre déjà plus l'appétit ! Deux nuits ont peut-être suffi à lui faire faire le tour de moi. De mon potentiel de plaisir et de fantasme ?

Le désamour revient ! …au galop. Son appel serait un signe rassurant de ma valeur, de ma richesse.

Donc c'est un axe fort à travailler, à solidifier.

Aujourd'hui, retour au bureau. Ça a été dur au début, puis finalement supportable. Rythmé par mes seules impulsions. Ok, si c'est comme ça, je reste ! J'y retourne demain.

A 11h30, mon portable m'annonce un SMS. J'étais confiante, sereine. C'était lui ! Un rapide coup d'œil m'a remis à ma place… C'était un message d'encouragement à la reprise d'un ami, qui lui, a encore la tête en vacances. Gentil. Réconfortant. Mais tellement frustrant, je suis face à l'évidence… tout n'est pas encore rentré dans l'ordre. Dans le cadre.

Le cadre. C'est un besoin structurel et structurant pour moi.

Lui m'a tout de suite donné le ton : la vie l'a mis hors cadre, dès le départ, à la naissance, puis au fil des accidents de parcours. Le hors-cadre est à présent un mode de vie choisi, assumé, et revendiqué !

Je ne suis qu'un petit poisson rouge qui a rêvé de sortir de son bocal et de s'aventurer dans l'océan ! Qui a rêvé de se frotter à de gros poissons sans penser s'y piquer ! Erreur grossière.

Seulement, pour connaître l'antidote, encore faut-il connaître l'animal et son venin, et je ne sais toujours pas ce qu'il est vraiment. Requin ? Prédateur par essence, qu'il vaut mieux laisser filer sans bouger, sans s'agiter et sans crier, ou plutôt Brochet ? Effilé, prédateur reconnu mais paresseux, qui ne s'attaque qu'aux proies fragiles, et qui peut s'attraper à la cuiller ou au leurre ?

Dans le premier cas, je me couche, je m'immobilise et j'attends que ça passe. Mais avant, pour satisfaire ma curiosité, et ne pas lâcher l'affaire trop vite, je vérifie s'il ne s'agit pas simplement d'un brocheton !

Je vais tourner, onduler sur le site et en mesurer tous les effets. C'est décidé, je passe à partir de ce soir du statut de proie à celui de prédateur !

Déjà dix jours que je tournoie sans effet ! Et cette tendance naturelle à prendre une posture de proie plutôt que de chasseur qui revient au galop.

Et l'énergie qui ne revient pas. Pas plus que l'envie d'ailleurs. Je n'arrive pas à changer de support. J'ai essayé, j'ai presque réussi, et j'ai senti que j'étais à la veille de reproduire le schéma : me mettre en position de sollicitation, d'une séduction que je vis comme perdue d'avance, et souffrir de l'absence de retour. Alors j'ai refusé le combat. J'ai repris ce qui me reste d'amour propre et je ne l'ai pas offert en pâture à ce deuxième bourreau.

Si c'est pour reproduire l'attente, je préfère ronger mon souvenir de Lui. Oui, celui-là est bien suffisant. Charnel, imprégné, gravé. Dans ma tête et dans mon corps.

Et puis, je sais au fond de moi qu'il va resurgir, que le temps écoulé me rapproche un peu plus de son appel. Mon esprit commence à s'agiter à chaque sonnerie de téléphone. Je le sais l'instant est proche.

Ce matin, j'ai découvert une nouvelle preuve de mon déséquilibre. Mon cycle n'a pas tenu plus de la moitié des 28 jours réglementaires. C'est la première fois depuis des décennies.

C'est un témoin de mon trouble. De sa profondeur. Il est là, dans mes tripes. Je ne veux pas d'autre explication. Je n'en ai pas besoin. Je sais. Je suis déséquilibrée jusqu'au plus profond de mon corps. Alors la tête, finalement, ce n'est pas si grave !

Et je me vide de cette substance visqueuse, que je n'ai jamais reconnue comme étant mienne. Je me dégoute. J'implore que les jours sales se terminent. J'ai ce sentiment de fuite sans maitrise de mon corps. Une estime de moi en chute libre. Je me méprise.

Panique ! Et s'il choisissait ce moment de faiblesse pour resurgir ? Ne me laissant aucune chance d'accourir. Ne me laissant aucune chance non plus de tenir un Non qui soit un vrai renoncement. Un vrai choix.

Ce serait une catastrophe !

J'ai déjà tout imaginé : l'absence de réponse, qui me terrifie et m'expose à la disparition de son carnet d'adresse. J'ai souhaité qu'il me l'écrive… comme une bouteille à la mer, une branche que je pourrais attraper. « Mais, non, il y a maldonne, je suis là, disponible du neurone, mais pas physiquement ! » J'ai imaginé qu'il se sente contraint de poursuivre, de me faire la conversation, de rentrer en communication pour ne pas me blesser de mon handicap.

J'ai imaginé aussi le plus probable, je passe mon tour, et il me le dit sans détour. « ce sera pour une autre fois ». Le message eut été clair. « Ton neurone ne m'intéresse pas ! Ton corps, une fois par mois, passe encore, mais le reste est sans intérêt ».

Je cherche l'attitude à tenir qui me fera le moins mal. Ne pas répondre, c'est déjà donner l'apparence de l'autonomie. C'est prendre un peu sur moi, pour raviver son instinct de chasseur. Répondre, c'est dévoiler que je n'ai pas avancé dans ma thérapie. Que je suis encore faible et préhensible.

La quadrature du cercle, c'est que dire non, n'a pour seule vocation que de dire oui par la suite. Et qu'à un moment ou à un autre, la vérité de ma faiblesse éclatera au grand jour.

Alors je l'attends. Sans stratégie, sans certitude aucune sur la conduite à tenir. Je sais, il faudrait toujours prévoir le coup d'après…mais je n'arrive déjà pas à cadrer le prochain, alors le suivant … les possibles sont trop nombreux pour que je puisse les envisager tous. Jouer aux échecs, ça n'a jamais été mon truc. Je suis dans la vérité de l'instant, dans le spontané, le tripal. La tête tente de comprendre après coup. Elle n'est pas configurée pour prévoir, anticiper, manigancer.

Je reste donc, petit lapin blanc souillé, tremblant, oreilles baissées, tapi dans son terrier, craintif de l'instant de vérité tant attendu.

Le destin fait mille clins d'œil à qui sait les deviner, les attraper, les interpréter.

Jeudi, j'ai pris l'avion, destination Athènes pour trois jours. J'étais remplie de fierté à l'idée de m'absenter de la toile trois jours durant. Convaincue que mon absence serait remarquée, et qu'elle provoquerait chez lui mille questions, attisant sa curiosité, provocant son retour au bercail. Ce vide serait d'ailleurs d'autant plus remarquable que c'était la première fois que je désertais sur une si longue période.

Et puis, ce voyage me donnait l'occasion de tenir le Non fièrement, au cas où …

Je m'installe dans le siège côté hublot, regarde à travers la vitre la pluie lessiver le tarmac, bien décidée à profiter de ma parenthèse de soleil. La sérénité commence à me gagner, doucement, sûrement. Retour à une force intérieure équilibrante. Le capitaine nous accueille, nous rappelle que

35 degrés nous attendent pour ce regain d'été, et qu'il faut à présent éteindre nos fils d'Ariane pour ne pas perturber le fonctionnement de l'appareil. Je glisse la main dans mon sac, fait un premier tour à tâtons, un second, un dernier… Panique ! Je le pose sur mes genoux pour en faire l'inventaire visuel et comprend très vite la maldonne !

J'ai pris mes précautions avant le vol, et ai oublié mon téléphone dans les toilettes de l'aéroport ! Je comprends tout de suite que durant les trois prochains jours, je ne serai plus raccordée au monde. Que l'appel tant désiré ne pourrait avoir lieu. Que le piège que je lui ai tendu par mon absence se referme soudainement sur moi ! J'ai voulu jouer et j'ai déjà perdu. Ce n'est pas lui qui va ronger son frein pendant trois jours, c'est bien moi, et ce, avant même le décollage. Quand ça ne veut pas y aller !

Le rouge me monte aux joues de colère contre moi-même. Là encore, ce geste manqué ne me ressemble pas. Mais où suis-je ? Ou me suis-je égarée ? Comment cela est-il possible !

Reviens !

Je finis par retrouver mon calme. Il est perdu, tant pis, j'en achèterai un plus joli. Pas grave. Pas grave ? Oui, mais … mon répertoire ? Mince, mon répertoire, lui aussi est perdu ! Et ça, ça n'est pas possible. Mes amis, je les retrouverai, mais Lui … je l'ai encore perdu ! Je me suis encore éloignée un peu plus. Je ne maîtrisais déjà plus rien. Mais alors, là, c'est le néant.

Un lien ténu existe encore : je peux changer de téléphone, et garder mon numéro ! Comme ça, il pourra me joindre, rester en contact. Je reconnaitrai ses messages d'entre mille. Courts, directs, avec un smiley. Un plan opérationnel pour le soir ou l'après-midi. Ce sera lui ;-). Je n'ai pas deux interlocuteurs comme ça dans mon répertoire !

Retour au calme, tout n'est pas perdu.

Je retrouve mes esprits et je réalise qu'un portable se perd, certes, mais qu'il peut peut-être aussi se retrouver. Oui, et si quelqu'un d'honnête met la main dessus, peut-être cherchera–t-il à entrer en contact ? Peut-être l'a-t-il déposé aux objets trouvés de l'aéroport ?

C'est presque une vague d'espoir qui m'envahit, la vie peut recommencer, je ferme les yeux et m'apprête à rêver durant ce vol éprouvant.

Arrivée à Athènes.

Je me mets en contact avec l'aéroport. Une charmante hôtesse me confirme qu'elle a la situation et mon téléphone bien en main. Je respire. Trois jours, il me reste trois jours à vivre coupée du monde.

Durant la soirée, ma mère laisse un message à mon amie. Entretemps, elle a eu un appel de l'aéroport au sujet de la perte de mon téléphone portable.

Quoi ? L'hôtesse a pianoté dans mon répertoire ? Elle a appelé au hasard quelques-uns des locataires du lieu ? Mon dieu ! Elle n'a pas fait ça ! Elle ne l'a pas appelé, Lui, pour lui demander s'il connaissait le ou la propriétaire du téléphone ?

Ma planque discrète, commence à devenir risible ! Si elle a consulté mes SMS, ça n'est pas difficile … elle l'a appelé. Je n'en ai gardé que 3 en historique, les siens ! Mais quelle conne je suis ! Jouer l'indifférente n'est vraiment pas mon truc. Il faut que je change de voie. Je l'entends d'ici répondre à son étonnement d'être appelé à mon sujet : « vous étiez ses seuls messages, alors j'ai pensé … ». Oh la bourde ! la grosse bourde… C'est foutu. Il savait déjà, il devait imaginer, maintenant il sait. Je suis ridiculisée, démasquée, nue !

Retour sur Lyon. Je vais reprendre ce qui m'appartient. Et puis, qui sait, peut-être ne l'a-t-elle pas appelé ? Peut-être a-t-il cherché à entrer en contact.

C'est remplie d'un nouvel espoir que je fonce aux objets trouvés. Il m'est restitué sans attendre. Nerveusement je l'allume. Directement, je le consulte … et puis rien.

Rien de rien.

Nada.

Chou blanc.

Déception.

Ecœurement.

Je voulais m'extirper de ses griffes imaginaires pendant trois jours, et je dois bien me rendre à l'évidence. Tout a tourné autour de sa petite personne pendant cette escapade : du décollage à l'atterrissage. Et l'attente de lui qui est toujours là, présente, ancrée. Perceptible comme le nez au milieu de la figure.

Je suis partie, j'ai vieilli … mais je n'ai pas avancé d'un pouce, d'un iota !

Je rentre chez moi penaude.

Je vais retrouver mon lien, le seul qui me soit autorisé sans avoir de permission à demander, ni à me dévoiler : je vais me connecter, retrouver son image. Pourvu qu'il drague !

Je t'ai retrouvé. Tu étais là, fidèle, en chasse, me donnant l'impression de te maîtriser. J'ai été respectueuse de mon égo : je t'ai observée, tapie dans l'ombre, sans te déranger, sans exposer mon abîme à ton grand jour.

Et puis, le temps passant, tes absences se multipliant, je peux te l'avouer maintenant, je ne me suis pas sentie grandie, mais j'ai eu besoin de surveiller ta vie, impunément.

Je t'ai cherché, ailleurs, sur la toile, j'ai fouillé ton intimité, j'ai mené l'enquête.

J'ai étudié les agendas des manifestations sportives dans lesquelles tu aurais pu briller, et qui auraient pu expliquer tes absences de notre point de chute virtuel, commun, tellement commun.

Je t'ai retrouvé, j'ai retracé ton week-end passé.

Je sais maintenant que tu étais au bord du lac, inscrit en courte distance. Je sais que tu es encore fragile, blessé, et qu'après l'épreuve de nage, tu as dû capituler. Je sais que tu étais là-bas dans ton élément, un milieu sain, qui est le tien, et qui me fait tenir le cap sur le fait que tu es quelqu'un de bien, que tu en vaux la peine. Que tu mérites ma peine !

Comment t'expliquer la chaleur que j'ai sentie en lisant ton nom dans la liste. Une forme de présence, de proximité retrouvée. Je sais, ça non plus, ça n'est pas bien. Mais tu m'as attrapée dans ton filet, et je suis restée bloquée, coincée, les nageoires prises dans les mailles et mes grands yeux figés sur toi. La bouche ouverte, béante, manque d'oxygène... toi seul peux me sauver et me remettre à l'eau. Fais-moi un signe !

Déjà un mois depuis notre dernière escapade. Et toujours rien. Je suis passée de l'état de manque actif au laisser aller dépressif. Je n'y crois plus et pourtant je t'attends encore.

J'ai repris une activité – pardon, une passivité - intense sur la toile. Intense, parce que le marché des célibataires est florissant à la rentrée. Ils sont nombreux, entreprenants et tenaces.

Je me mets en ligne et ils affluent, me racontent leur histoire, leur quête. Je rentre en contact et crée ainsi des tas de pseudo-relations. Je sens bien qu'ils forment une masse informe. Que lorsque le contact s'arrête, j'oublie tout, et ne retiens aucun d'eux. Je sens bien que je ne suis pas dans un état propice à accepter la rencontre. C'est pourtant la suite classique et légitime de leur démarche. Alors, il faut que je comprenne pourquoi je m'expose, puisque je n'en attends rien. Pourquoi je tricote des Tchats à en faire des pulls pour obèses. Je suis boulimique d'entrées en matière, et n'ai plus d'envie de plats de résistance. Je perds mon temps si précieux. Je devrais le consacrer à disséquer mon cerveau pour trouver l'intrus. Le truc qui coince et qui m'empêche d'avancer.

Samedi.

Putain ! Comme un râle au fond de la gorge ….

Un SMS ! Une main tendue, un appel aux retrouvailles.

Ce soir, je ne peux pas, mais promis, demain je relance la machine. Je ne laisse pas passer mon tour, je range mon égo et j'en redemande.

Dimanche.

Je le retrouve sur la toile. Je lui fais un clin d'œil, lui ouvre ma maison. Il vient. Il accourt. Il veut une dose d'amour. De mon amour.

Mon Dieu, qu'il est bon de se retrouver. Il s'ouvre et m'éclaire sur son mois sans moi. J'ai failli le perdre sans jamais le savoir, le jour de mon retour d'Athènes. Il s'est blessé, s'est fracassé la tête sur un poteau électrique avec son joli vélo jaune. Hôpital, traumatisme crânien, éraflures superficielles. Il commence juste à se remettre, et il est déjà là. Mon bonheur ! J'inonde l'appartement de jolies lumières jaunes, je débouche un rosé sulfureux, et rentre en contact. Physique mais pas uniquement.

Et puis les corps s'emballent, le canapé n'est plus adapté, je l'entraine dans ma chambre, dans mon lit. Les retrouvailles sont intenses, nous ne sommes plus complètement dans la découverte, mais dans un jeu dont nous commençons à connaître les règles. Nous nous étions protégés, et nous sommes mis en danger mutuel au cours de nos ébats. Je le savais. Je suis folle et me fais croire que je l'assume. Pauvre petite fille qui pourrait déchanter et avoir à faire face à la vie. Un jour. Oui, mais plus tard.

Et, puis, je découvre stupéfaite une réponse de mon corps jusque-là inconnue. Il est comblé et comble mon ignorance. La nuit est douce, repos des guerriers. Demain, sera un autre jour.

Le réveil sonne, je lui fais un thé. Une scène de vie classique, d'un couple installé. Nous petit-déjeunons. Nous rions. Il a du mal à partir, me remercie et me lance une perche avec un dernier baiser et un « à bientôt ». Sourire. Mon dieu quel sourire.

Je le sais, maintenant. Tout cela se construit. Il sera encore mien, un jour, patience.

Je suis sereine. Pourvu que ça dure.

Déclic, aujourd'hui, j'ai compris quelque chose. J'ai avancé.

Du sur-place pour l'humanité, mais un pas en avant pour moi.

Je le remercie d'être venu m'éclairer.

Je sais maintenant que nous ne sommes pas faits pour suivre le même chemin, que mon attachement n'est que le résultat du hasard du calendrier.

A l'instant précis de notre rencontre, j'étais prête, ouverte, le cœur béant, et qui n'avait pas l'intention de le rester. Lui s'est planté devant moi, et j'ai fondu sur lui parce nous sommes dans l'absolu assez compatibles. En tout cas, lui, est assez compatible avec mon attendu : homme viril, tête brûlée, drôle, et un sourire du diable. J'ai confondu… j'ai cru… mon esprit m'a dupé ; Mon corps m'a trompé.

Je me suis attachée, parce qu'à cet instant précis, mon égo ne souffrait d'aucune marge de sécurité pour assurer sa survie. Il ne lui était possible d'encaisser un revers sans s'enfoncer dans la gadoue. Alors je l'ai aidé. Je lui ai dégotté une béquille, un entêtement dont moi seule ai le secret. Et j'ai foncé, tête baissée, sans respirer, en apnée, pour lui trouver la réponse qui le ranimerait.

Et je crois qu'hier, par son retour, il l'a ranimé. Il lui a injecté ce carburant vital de la confiance en soi. Il lui a même tendu généreusement un surplus, à consommer en cas d'urgence avec sa promesse de rendez-vous « à bientôt ».

Et c'est cet excès ponctuel qui me rend à la raison aujourd'hui. Qui me permet de relever la tête et de comprendre la méprise.

Maintenant qu'un peu plus est possible. Toujours pas tout, mais un peu plus, je suis en mesure de me poser objectivement la question de savoir si j'en veux, et ce que j'en ferai de ce plus.

Et la réponse est là, évidente sous mes yeux. Ce sentiment éclair vécu hier d'une vie installée, avec déjà des habitudes me donne la nausée. Je commence juste à savourer ma vie seule, et je ne veux pas replonger dans une routine à deux. Je suis prête à m'enflammer. Je suis prête à ouvrir mon cœur et mon corps. Mais je ne suis pas prête à m'investir dans une relation. Je serais dans la reproduction d'un vécu qui m'était devenu insupportable.

Merci pour cette leçon. Je savais que tu pouvais me faire du bien. Je veux rester dans un mode de relation à fréquence limitée. Je veux conserver ces temps d'attente qui aiguisent l'appétit et le souvenir. Je ne veux pas d'une situation de satiété quotidienne, qui fait oublier même, la qualité du plat que j'ai ingéré. Je respecte ton rythme, ta disponibilité. Je t'attendrai, pour mieux humer ton corps, pour mieux sentir la boule brulante dans mon ventre quand tu me caresses. S'il te plait, ne reviens pas trop vite.

Mais reviens moi !

La force est une denrée rare, qui se construit ou se reconstruit petit à petit, et je l'apprends à mes dépends.

Deux jours sont passés. J'ai eu un élan, je n'ai pas su le réfréner, je t'ai écrit. Certaine de la réciprocité de la relation naissante. Un petit mot, pour jouer, juste pour se dire qu'on est là l'un pour l'autre.

Et puis les secondes qui s'égrènent, les heures…

L'équilibre qui bascule à nouveau. Retour à la case départ ou presque.

Mais ce n'était pas une demande en mariage tu sais ! Juste un contact pour se dire qu'on compte un peu. Qu'on n'est pas juste des corps en attente d'un stimulus.

Je suis dépitée. Je me suis encore trompée. Cette proximité de la veille n'était qu'un leurre ? Pourtant, il n'y a pas de faux semblant. Pas d'attente d'ampleur exprimée. Ni même souhaitée.

Juste un signe ! parce que ce qu'on se donne mérite de la bienveillance réciproque.

Tu es là, fidèle au rendez-vous scriptural, avec à peine quelques heures de battement. Juste des heures qui comptent et qui permettent de sentir à nouveau la vague de doute, la vague de vie m'envahir.

Tu as été à la hauteur de mon attente. Un message de complicité, avec plein de mots, de la reconnaissance pour ce partage, un air drôle et enjoué. Un message sans promesse, surtout pas.

De la distance dans la proximité. Quelque chose qui dirait : « oui, je suis là et on s'est compris, et on se retrouvera, un jour ».

Je sens la force et la joie revenir consolider mes fondations. Ça y est, l'équilibre est proche, le rythme de mon cœur et de nos rencontres s'approche de celui de la croisière. Mais de la croisière de la chaude Caraïbe, de pas celle du Rhône au Rhin !

Ce soir tu étais sur la toile, en chasse, certes, mais j'ai trouvé ton post-it paisible, rassurant, bienveillant. C'est incroyable de mesurer à quel point mon état d'esprit intérieur modifie ta posture et ton personnage entier.

Je te donne ma confiance, en direct, et sans concession. Peu importe ta vie et tes conquêtes si j'existe un peu. Le peu qui suffit à nourrir ma stabilité transitoire. Parce que je sais que ma rupture récente n'est pas suffisamment digérée pour me permettre un investissement, un engagement total. Une relation partielle me comble. La perspective d'un prochain rendez-vous, dans dix ou quinze jours me dynamise. Je n'en veux pas plus.

Je vais maintenant laisser le temps s'égrener, sans compter, ou pas trop, sans me replier sur mes doutes, ou pas trop.

Déjà huit jours que tu m'as insufflé la vie. J'en ai profité, j'ai savouré, mon cœur a explosé de vie et de confiance. J'ai retrouvé l'envie de me faire plaisir, de me valoriser. Ma carte bleue s'en souvient encore et doit en porter les stigmates.

J'ai puisé au fond de moi l'énergie de sculpter mon corps pour qu'il te paraisse de plus en plus désirable, de moins en moins taré : piscine, jogging et power plate *(le dernier truc branché pour jeunes urbaines pétées de tunes, que tu dois détester et mépriser, toi qui a le sens de l'endurance et le gout de l'effort).*

Voilà, tout s'est bien passé, et tu as été à la hauteur de mes espérances. Je m'étais dit que quinze jours espaceraient en principe nos rencontres, nous en sommes à la moitié et je suis déjà prête à prendre ma prochaine dose.

Ce soir, tu étais là, en chasse, en tout cas en posture, et j'ai dû m'attacher les doigts pour ne pas te proposer de t'accueillir. J'étais déjà dans la nostalgie de nos corps à corps. Dans l'attente d'une étreinte platonique sur le canapé devant le film du soir. Oui, juste une chaleur partagée. Tu ne voulais pas être ma bouillotte pour ce soir ?

Je sais, tout cela n'est pas très stable et cohérent. La semaine passée, je n'en voulais pas plus et aujourd'hui je désire une relation apaisée, harmonieuse, plan-plan devant la téloche. Bon et alors ? On peut ne pas être toujours la même et l'assumer.

Tiens, puisqu'on se dit tout ! Ce soir, vers 17H, j'avais envie de sexe. J'ai maintenant juste envie de câlins, de tendresse, de ce truc de filles que vous ne comprendrez jamais, ou alors, juste quelques instants avant d'arriver à vos fins. Histoire que nous ne nous découragions pas !

Je ne te l'ai pas proposé, parce que je sais qu'instaurer un rite du dimanche soir doit être hors de ta portée, en tout cas hors du cadre de tes souhaits. Je n'ai pas voulu prendre le risque de te suggérer un cadre qui te ferait fuir.

Et puis, c'est toi qui as la main, et tu le sais. Je me suis encore mise dans une position de proie, ou de victime : je n'ai pas résisté à mon envie de répondre à ton dernier mail plein de mots et d'espoir. Tu as repris le jeu en main. Tu laisses filer le temps. C'est à toi de jouer. Et tu sais que je serai là, bon petit soldat, présent à ta prochaine sollicitation.

Et je sais que tu reviendras.

Cette semaine, encore une huitaine sale qui se présente. Pas de disponibilité de corps, mes voies seront impénétrables, sauf à emprunter les chemins de traverses.

Si tu frappes à la porte, je serai blessée. Attends la semaine prochaine, et nous nous ferons une fête de ces retrouvailles. Je vais patienter.

Je voulais te dire, arrête de m'arracher la langue, je suis meurtrie trois jours durant après ton départ. Une douleur supportable, mais qui m'empêche de t'oublier, même dans la période bénie et euphorique qui suit nos ébats. Et puis, surtout, je ne me souviens pas comment tu me fais ça et c'est perturbant. Comme si je m'abandonnais complètement à toi et que j'en oubliais ma déchéance, ma soumission, mon reniement.

Mais j'aime ta façon de prendre possession de moi. De me transformer chaque minute un peu plus en ta chose, gourmande de la suite et insatiable de toi. De ton corps. Je n'ai pas le souvenir, dans ma vie de femme, d'avoir vécu ça : assumer pleinement une envie charnelle, dans un cadre affectif non posé.

D'ailleurs, une fois de plus, puisque je te dis tout, je t'ai acheté des céréales pour ton prochain petit-déjeuner à la maison, et de l'huile de massage pour réparer mon oubli de la semaine passée. Ton corps était alors meurtri et je n'ai pas eu le temps de poser les mains sur ton dos pour l'apaiser. La prochaine fois, je me rattraperai. Tu t'en souviendras, promesse de jeune femme amoureuse qui n'a pas l'intention de se laisser oublier !

Ce soir, j'ai reconnu le code. Je suis arrivée sur la toile à 20h15. Tu es parti à 20h30. L'heure du crime. L'heure du rendez-vous. Chez toi ? Chez elle ? Je ne saurai jamais et c'est bien comme ça. En tout cas, tu es parti à la cueillette des étoiles et ça ne fait aucun doute.

Ce que je ressens ? Une vague de nostalgie, pas même de la jalousie. C'est juste la règle de notre jeu : souhaiter l'unicité et accepter la concurrence. Ce soir, je n'étais de toute façon pas opérationnelle, tu as eu raison.

Et puis, en cours de semaine, je sens que mon statut social me rattrape, m'anesthésie. Je n'assume plus cette double vie. Je ne parle pas de toi. Mais de cette errance sans but sur la toile. Cette déperdition d'énergie sans aucun sens.

Si cela venait à se savoir … je ne serais pas fière et aurais bien du mal à ne pas faillir sous la honte.

Ça n'est pas si simple aujourd'hui d'être seule et de se débattre pour ne pas le rester. Le carcan social reste étouffant. Il entache les moyens de rencontre d'un voile de honte et de superficialité. Certes, tout ça n'est pas très profond. Rarement glorieux. Mais, comment sortir de la solitude sans s'activer sur le lieu même du marché des célibataires. L'attente providentielle relève de la religion et du sacrifice, je ne peux pas m'y résoudre.

Donc, je traine et m'expose, comme une âme en peine.

Et tout ça pour quoi ? Je ne le sais même plus. Juste pour te voir. Je ne cherche pas de mari, c'est trop tôt. Mon emploi du temps ne me le permet pas. Je garde mon énergie pour moi, pour consolider mon égo. Pour trouver un amant ? Je t'ai intronisé amant officiel, et ne suis pas plus capable de te tromper que je ne le serais de tromper un mari. Je suis entière. Te tromper, c'est d'abord me tromper moi. Je te quitterai le jour où je croiserai un autre regard brûlant qui me transpercera. Mais tout ça n'est qu'un rêve pour l'instant, tu concentres tous mes fantasmes, toutes mes pensées, tous mes souffles.

Au fond de moi, je te remercie de combler le vide sidéral que serait ma vie si tu n'y étais entré. Certes, tu ne me facilites pas la tâche, mais tu as l'exacte attitude qu'il fallait pour retenir mon attention, pour capter mon palpitant.

Je ne veux pas te changer, je n'en aurais d'ailleurs pas les moyens, je te supplie de ne pas changer et de ne pas te rendre plus accessible. Je crois que la maxime « fuis moi, je te suis… » est aujourd'hui la nourriture idéale de mon âme blessée.

Ce soir, je suis nerveusement au bord de la crise et tu n'y es pour rien. L'entrée dans l'hiver, la pluie, la charge de travail et l'absence de perspectives de détente me minent. Mes règles aussi, sûrement. Certainement.

Tu n'y es pour rien, mais le constat cruel est que tu ne m'aides pas non plus. Ce soir, le souvenir de toi ne m'est d'aucun secours, c'est la platitude de ma vie personnelle qui me saute à la figure.

J'ai ces derniers temps été plus gourgandine que préoccupée à devenir moins bête, et je sens que je vais le payer.

Attendre demain, me reposer et arrêter de penser. Le prochain rayon de soleil me fera renaitre à la vie.

J+15 ! Nous y sommes, la journée est radieuse, et mon corps se rend à nouveau disponible. Mon esprit l'est déjà depuis hier soir, à l'heure ou le week-end a sonné. Ce matin au petit déjeuner, je t'attendais sur le réseau, tu es venu et tu m'as attrapée au vol.

La fête peut commencer !

J'ai été émue de notre échange, naturel, complice et clairement sensuel. Empli de promesses pour le week-end. J'ai intercepté un instant une pensée fugace, qui me faisait déjà craindre l'attente de la prochaine quinzaine ! C'est incroyable, je n'ai pas encore profité de toi que j'anticipe déjà le manque. Ou es-tu allé chercher ces trésors d'addiction ?

Depuis ce matin, j'étudie mon planning du week-end et réfléchis au meilleur plan pour ne pas en laisser une miette ! Ce soir je sors, et pourtant j'aurais bien passé la nuit avec toi. Cet après-midi alors ? Ou sinon demain … Bref, tu as carte blanche, je te dédie mon temps libre, je sais que tu sauras le mettre à profit.

Je t'ai cherché un nom doux ces derniers temps, pour tenter d'effacer le « mon amoureux » qui hante mes nuits et mes pensées et que je ne veux pas te lâcher un jour par mégarde. Ce matin, en direct, c'est « Roméo » que je t'ai posé sur la table d'écriture. C'est pas mal ! Sobre, assez à propos. Et puis, nous avons tout le loisir de jouer sur les mots : entre Juliette et Roméo, rien n'a jamais été possible non plus. Donc tu vois, c'est doux, mais pas très engageant pour toi. Le supporteras-tu ?

En tout cas, un lien se tisse et qui me comble. Tu existais déjà, c'est le moins que je puisse en dire, pour moi. Nous commençons à exister l'un pour l'autre. Petit à petit, l'oiseau fait son nid…

Qui est l'oiseau finalement ? Est-ce moi qui t'attrape et te fait apprécier mon nid douillet de moinillon tendre et frêle ? Ou bien serait-ce toi, qui me tend un couffin rêche d'aigle en chasse et que j'accepte pour rester en vie ? J'observe la scène de l'équilibre qui se construit et ne sais pas encore où va se terminer la course du balancier.

Poser la tête, lâcher prise, ne pas anticiper, profiter des heures à venir !

Finalement, nous nous sommes retrouvés dimanche soir, comme un vieux couple, à l'heure du film de début de soirée.

Nous n'avons pas calculé le petit écran, comme de jeunes amants.

Tu es venu à la maison, j'ai installé les étoiles et nous avons rattrapé les emplois du temps masqués de la quinzaine, enfin leur partie avouable en tout cas.

L'attraction des corps a ensuite fait son œuvre. J'ai ré-apprivoisé ton corps fin, musclé et dénué de graisse. Ton odeur, ta peau, ta bouche, ta langue. Cette nuit a été la plus belle de notre histoire. Chaude, douce et pleine de tendresse. Sans mot engageant, mais avec une intensité de partage de douceur et de plaisir qui en dit long je crois.

Un respect mutuel du bien qu'on se fait et de cette vie cachée qui nous fait nous sentir vivants. J'avais craint le manque ultérieur et je sais aujourd'hui que j'ai fait le plein de sentiments, de sensations et d'équilibre pour quelques jours. Quinze peut-être.

La nuit a été longue, entrecoupée d'enchevêtrements sensuels, de pénétrations charnelles, et de baisers onctueux. J'ai gravé chaque instant et je sais que le film est de si belle qualité que je vais le passer et le repasser en boucle, jusqu'à épuisement, jusqu'à effacement de la bande. Ce matin, tu as mangé des céréales, celles que j'avais achetées pour toi, et tu es parti te changer dans ta voiture, parce que tu n'avais pas osé arriver avec une valise ! Direction, la vraie vie, les collègues, le boulot. J'ai repris mon activité tabagique, bienheureuse, sonnée, comblée. Mise en route aussi, retour à mon cadre !

Je n'ai pas réussi à retenir l'impulsion, je t'ai écrit ma reconnaissance « belle nuit Monsieur, merci », et tu n'as pas tenu plus de dix minutes non plus pour me répondre « belle nuit partagée -) »…Le balancier réduit sa course, nous sommes proches d'un point d'équilibre, nos attentes convergent, notre partage nous soude.

Nous sommes d'ailleurs peut-être soudés à la mort, nous ne nous protégeons plus. C'est vrai que c'est con. C'est vrai que c'est autodestructeur. Mais c'est tellement meilleur, ta chaleur au fond de moi. Je te veux sans concession. Tu es ma tête brûlée, et j'espère ne pas être ton cul plombé !

Quatre jours et je suis déjà en attente d'un signe. Pas forcément d'une invitation au voyage, mais d'un signe de toi. Je sens que le ressort du balancier se tend et que cela n'est pas compatible avec notre pacte muet. Alors je tiens. Je me connecte et t'observe. J'observe tes présences sur le site et ça c'est réconfortant. Ça y est, je suis calée sur ton diminutif. Doudou. Je sais, c'est naze, mais c'est ce que tu m'inspires par ta tendresse. Celui-là, je vais te le lâcher.

Désolée. Je te présente mes excuses par avance, mais il colle si bien à ma perception de toi. En tout cas, du toi que tu me donnes à voir dans les moments intimes.

Semaine intense, pas beaucoup de temps disponible en soirée, entre les arrivées tardives et les raccords boulot nocturnes. Mais je sais que tu peux t'introduire dans la froideur de mon âme bucheuse et être l'étincelle qui met le feu à ma poudre. Alors, je me sers de cette éventualité pour me distraire entre deux dossiers. Finalement, tu pourrais demander une prime à mon boss : tu me fais supporter le rythme actuel par la simple possibilité de ton irruption.

Mes questions existentielles en ce moment tournent autour de la faiblesse de nos mises en commun. Allons-nous nous lasser de cet échange si physique et si faiblement verbal ? Avons-nous des choses à mettre dans le pot commun et qui nourriraient notre relation pour éviter qu'elle ne se distende ? Quel artifice puis-je sortir de ma musette pour créer du lien, du liant, mettre une pierre de plus à l'édifice ?

Il faudra sortir du cadre.

Je sais déjà qu'une rencontre fortuite dans les vestiaires de la piscine où nous nageons de temps en temps pourrait mettre du piment. Mais là encore, nous resterons sur le physique. Un bel échange à sensation qui laisse des souvenirs à vie. Pour autant, le cadre de notre relation n'en sera pas changé sur le fond.

Alors quoi ? Que déployer pour retenir ton esprit plutôt que ton corps ? Pour créer l'attachement plutôt que l'envie …

Je cherche et n'ai pour l'instant pas trouvé. Côté sport, rien à espérer, tu excelles dans tout ce que j'exècre et que je respecte profondément, parce qu'en un mot, c'est le courage de la souffrance qui me fait défaut. Côté intellect … je ne sais pas si nous pouvons trouver des appuis. Un week-end en amoureux. Ça, peut-être. Il faut que je creuse la piste : trouver un lieu, une manifestation qui nous donne l'occasion de nous échapper. Je vais y réfléchir. Je te promets. D'ici là, … ton envie me suffira. Me comblera.

Samedi soir solitaire. Envie de me faire du bien, je suis allée au cinéma. Seule. Et j'aime ça. Cette entrée en harmonie avec la toile, l'œuvre, sa musique, son atmosphère. Tout mon corps et mon esprit étaient en position d'ouverture, prêts à s'imprégner des images et des sensations à venir, un peu comme le jour de notre rencontre, quand tu t'es livré à moi et que j'ai pris ton histoire dans le cœur.

Je n'ai pas quitté mon sujet de prédilection du moment : l'amour, sa quête, les doutes et les envies de se laisser aller à ses envies.

Woody Allen a frappé en plein dans le mille avec son Vicky Cristina Barcelona. Je me suis complètement retrouvée dans son héroïne névrosée, curieuse d'un amour atypique, voire autodestructeur ; Ouverte vers d'autres voies que le couple standard plan-plan. Envie d'être prise par une vague qui décoiffe, qui balaye tout sur son passage : les angoisses, les peurs, les doutes et même les certitudes.

Une chaleur moite, la légèreté du sud, une musicalité propice aux déhanchés provocants. Des scènes de partage torride, de fusion des corps et des esprits. Je nous ai vus. Je nous ai sentis dans mes tripes, je nous ai projetés sur le grand écran devant tout le monde, un peu gênée de nous dévoiler aux spectateurs environnants. A peine d'ailleurs. Plus fière plus que gênée. A la limite de la prétention…Ce que vous êtes venus voir au cinéma, je le vis dans ma vraie vie, en ce moment, et P… que c'est bon. Mes nuits sont plus belles que vos jours !

L'épanouissement de l'héroïne au fil de sa relation m'a conforté dans ma vie dissolue actuelle. Oui, il faut se laisser aller à vivre l'instant, à prendre la lave quand elle jaillit. Après il est trop tard, ça n'est plus qu'un amas de cailloux à peine agréable à fouler du pied.

A la fin, elle prend le large, s'éloigne de ce qui ne lui convient pas vraiment, après avoir durement lutté pour le conquérir et après l'avoir profondément vécu. Je n'en suis pas encore là.

Je n'ai pas eu ma dose, nous ne sommes pas allés au bout de ce chemin de découverte. Mais cette fin d'histoire est une éventualité qui me touche. Aurais-je moi la force de m'éloigner ? Un jour ? Cette question me renvoie à mon rôle de victime si romantique. Je crois que dans une relation de ce type, je ne sais pas partir. La souffrance du manque me confine dans une attitude d'attente et d'insatisfaction permanente qui alimente ma pseudo-passion. Je crois que tu me quitteras avant que je ne me lasse. Que je devrai remonter la pente, seule, avec un vague à l'âme dévastateur les premiers temps, et qui finira par s'estomper, la vie reprenant ses droits petit à petit. Cette certitude me pousse à dévorer le présent, à l'inoculer à chacun des pores de ma peau, à chacune des cellules de mon cerveau. C'est un stockage prévisionnel pour faire face à la période ultérieure de manque. Un peu comme ces gens qui font des réserves de sucre et d'huile en période de crise, au cas où... la guerre et la disette survenaient.

Voilà, béatitude et bien-être du soir. En ce moment, ma vie me ressemble, et c'est générateur de frissons, de sensations. Merci la vie !

Nous sommes Dimanche soir, heure du crime. J+8. Trop tôt, avant mon heure, ça n'est pas l'heure... Tu es là, présent, en ligne, aux aguets et je te guette.

J'attends de toi un signe, dont je sais qu'il ne viendra pas. J'attends surtout, pour être honnête avec moi-même, le signe de ton départ vers une autre. Tes Dimanches ne me sont pas dédiés, je suppose que tu vas voler au secours d'une autre désespérée, une autre maitresse dévouée. Je voudrais quitter le site avant toi pour ne pas m'infliger cette scène de départ, et mes doigts sont gourds, hésitent, ne veulent pas provoquer la rupture du lien qui nous laisse encore une infime chance d'une nuit entrelacée.

Je ne suis décidément pas encore très stable sur mes béquilles, un pas en avant, une chute en arrière. Si je romps le lien, je te laisse à penser que c'est moi qui consomme frénétiquement et cela ne me plait pas beaucoup. Je me livre à toi toute entière et en pleine transparence. Tu ne serais d'ailleurs sans doute même pas dupe !

Si je te regarde partir, mon cœur se rétracte, se serre jusqu'à étouffement, jusqu'à nausée. Ce soir, je sens la jalousie se saisir de moi. Ce soir, je n'ai pas le courage de te partager. Ce soir, je te voulais pour moi. Dès que le feu vert, signal de ta présence, se transformera en feu incolore, signe de ton départ, je n'aurai d'autre issue que de me noyer dans le travail. Mon dossier m'attend, je le sais, et je ne peux l'ajourner. Et pourtant, pour toi je l'aurais fait.

Je ne sais pas si notre nuit aurait pu être aussi intense que la précédente après seulement 8 jours de jeûne. Je ne sais pas si l'habitude n'aurait pas terni quelque peu le désir brûlant qui jusque-là nous a unis. Je ne sais rien, sauf que je sais que tu me manques déjà et que mon premier jour de la semaine sera moins enjoué cette fois. Que je pardonnerai moins à mes détracteurs demain qu'il y a huit jours. Tu tiens au creux de ta main la dimension de mon sourire de la semaine, l'amplitude d'ouverture de mon esprit professionnel, en un mot : l'efficacité de ma mission.

Je te surveille et tu es toujours là, je me prends à rêver que tu attendais un signe de ma part, que tu ne te résous pas à prendre systématiquement la main sur notre agenda commun. Que mon immobilisme te positionne également dans une attente frénétique d'un geste de ma part. Il n'y en aura pas. Je n'ai pas la force de supporter de te tendre la main et que tu ne la saisisses pas. Je la garde donc bien au chaud au fond de ma poche. Le poing serré, l'épaule bloquée, qu'un coup de froid soudain pourrait meurtrir durablement. Je vais ronger mon frein en silence plutôt que de m'exposer à ton refus ou à ton silence. Je crois que cela m'est moins nocif, que tu m'es moins cruel comme ça. Je t'attendrai patiemment, comme une mouche collée sur ta toile, calme, qui ne se débat plus et attend seulement son heure. L'heure où tu me dévoreras toute crue, pour mon plus grand plaisir. Mais ne laisse pas le temps me décomposer, ne le laisse pas ternir mes couleurs de vie. Regarde, je suis là, mes yeux verts suppliants, la bouche entre-ouverte, le cœur vide, prêt à se gonfler sur une impulsion de toi.

Dimanche terne, Dimanche d'attente. Je sais que c'est le prix à payer pour le frisson, alors je vais tenter de l'accepter, de le positiver dans la perspective de la suite de l'histoire. Notre histoire est en route, une route sinueuse, dont je ne sais pas où elle mène, où elle nous mène, où elle me mène. Ne me laisse pas au bord du chemin, j'en veux encore !

Je vérifie, tu es encore là, mes yeux montent au ciel dans la seconde d'attente de la réponse, prêts à commander à mon cœur de prendre sur lui et de ne pas faillir. Ils reçoivent avec gratitude le signe de ta présence. La sentence n'est pas encore pour tout de suite, mais le supplice reste entier. Ton départ me ferait rentrer dans la nécessaire phase de digestion, d'acceptation, de deuil. Si tu dois me quitter ce soir, fais-le maintenant, je n'aurais que plus de temps pour le gérer… Ne me laisse pas souffrir plus longtemps.

Le feu vert est mort. Place à l'incolore, place au vide. Et je me sens vide. Tu me crèves le cœur. Tu joues avec mon équilibre et je titube. Je sens notre proximité qui fout le camp. Je te sens loin, dans les bras d'une autre. Je sens toute l'absurdité de la situation. Je sens toute la bêtise de mon état. Il faut que j'arrête ça, que je te résiste. La relation est vraiment trop déséquilibrée. J'attends l'exclusivité d'un homme qui ne peut pas me la donner plus d'une nuit. Quelle folie.

Je vais m'absenter de la toile. Prendre la poudre d'escampette, filer à l'anglaise. Je vais me recueillir pour mieux me ressourcer et t'oublier. Je vais disparaitre de ta vue, et te faire disparaitre de la mienne. Je sens mon fidèle réflexe de survie en train de s'activer, en train de prendre le dessus pour ne pas me laisser me noyer dans tes eaux troubles. Je bénie le jour où nous nous sommes rencontrés, et je maudis la nécessité de te quitter, mais elle est là ce soir, impérieuse.

Je ne sais pas limiter mon attente au peu que tu peux me donner. Je ne suis pas calibrée comme ça, je ne peux pas changer le paramétrage de la mécanique cardiaque qui tambourine au fond de moi. Je vais tenter de rattraper le fil de la vie et le faire s'épanouir sous de meilleurs cieux.

Mon orgueil reprend le dessus violemment ce soir, je ne peux plus te regarder t'envoyer en l'air avec d'autres. Ça ne me fait plus rire, ça ne me fait plus souffrir, ça me fait mourir à petit feu.

Je ne veux plus mendier tes faveurs. Je ne veux plus tes faveurs. Je veux ne plus vouloir de toi. Aide-moi. Oublie-moi.

Déjà deux jours que je retiens l'impulsion…

Pas de connexion, pas de contact, …mais que de pensées.

Toutes mes pensées, qui comme les jours et les mois précédents oscillent entre douceur, aigreur et colère. Je peux te détester le matin au réveil, te maudire sur la route matinale, et jouer avec les mots aguicheurs le soir, en prévision de notre prochaine rencontre scripturale. Ce dernier état n'est pas anodin, j'ai réalisé ce soir que nous serions J+15 d'ici quelques jours, et mon cerveau s'est mis en marche et s'est délecté de la prochaine approche préalable que tu pourrais tenter par mail.

Ça y est, le ressort infernal est reparti dans sa course !

Il n'empêche, cela fait deux jours que je tiens, que je t'inflige –peut-être –des pensées angoissantes au sujet de ma disparition et de la fin possible de notre relation –on peut rêver ! Et je n'ai pas l'intention de m'arrêter là.

Demain soir, je me ficelle encore les mains pour ne pas succomber, jeudi, je sors pour t'oublier … et hop ! Nous en serons au week-end !

Samedi, je me dandinerai sur le site quelques minutes pour te laisser l'occasion de me sauter dessus, et si tu hésites, si tu attends la sixième minute : clac ! je partirai et te laisserai avec tes remords. Ton dernier recours sera mon portable.

Pensées toujours. J'ai imaginé ce soir que tu me sondes sur mes sentiments ou sur mes attentes. J'ai imaginé ma gêne, mon incapacité à mentir en face à face. J'ai pensé traiter le sujet en anglais pour mettre un peu de distance entre mes pensées et mes mots, puis entre mes mots et ton cerveau. Tourner autour du pot et chercher « the right word » me serait plus naturel dans la langue de Shakespeare que dans ma langue maternelle. Je dois pouvoir t'expliquer mes contradictions sans trop me dévoiler et sans t'effrayer. Je dois pouvoir te présenter une situation intérieure réfléchie et pausée. Pas lisse, ni indifférente, mais à peine maquillée pour ne pas laisser entrevoir la folie de mon attachement. Nous n'en sommes pas là, mais d'ici ce jour imaginaire, je dois apprendre le silence et l'ironie. Je dois me préparer. Il me reste quelques jours pour peaufiner un discours crédible, attachant et pas trop affligeant. C'est bien.

Un sujet à ronger pour ressasser notre souvenir sans m'exposer à la réalité du moment. Un rêve à caresser, à défaut de te caresser toi.

Peut-être que j'en sortirai apaisée et que la clé du problème surgira de la réflexion. Who knows the secret of the black magic box?

Dimanche soir. J+15.

J'ai ondulé, tournoyé tout le week-end sur le site, et rien. Pas un geste, pas un signe de ta part. Tu n'en as pas eu de la mienne non plus d'ailleurs, je t'avais laissé le jeu en main. Je ne sais pas pourquoi j'ai intégré inconsciemment que je devais rester à ta disposition, et ne pas te faire part de mes envies. Peut-être parce que je sais que mes envies seraient trop fréquentes pour toi et que tu finirais par les rejeter, ou pire, les ignorer, feindre de ne pas les entendre.

Il n'est pas supportable de s'auto-inoculer chaque jour, par intraveineuse, une telle frustration, une telle souffrance.

Ce soir, en bon capricorne, j'ai décidé de me couper les mains pour ne plus endurer cette situation, j'ai mis fin à mon contrat avec notre entremetteur. Je l'avais envisagé régulièrement ces derniers jours, et ce soir, je suis passée à l'acte.

Maintenant, je vais rentrer en convalescence, tenter de guérir de toi, et effectivement de ne plus rien attendre. « Rien n'est possible » m'avais tu dit. Ok, ce soir j'ai compris. Je vais serrer le poing, les dents, et attendre que ça me fasse moins mal, petit à petit.

La colère fait doucement sa place, et foule du talon la tendresse jusque-là stockée à ton profit. Je me fous de savoir que c'est lâche, c'est un tremplin pour ma guérison. Et aujourd'hui, elle seule m'importe. Je mérite mieux que de t'attendre comme une cruche, tous les soirs, pendue à mon ordinateur.

Tu as eu ta chance, je t'ai ouvert la porte du coffre-fort, de mon cœur, de mon corps. Tu n'en as pas fait suffisamment usage pour leur permettre de s'épanouir, je te laisse au bord de la route.

La fleur épuisée va se recroqueviller sur elle-même pour soigner chacun de ses pétales et exploser de rayonnement au printemps.

Ne crains plus rien, plus d'attachement ou de sentiment intempestif, je n'ai plus le cœur à rire. Non seulement je ne te donnerai plus rien, mais je vais surtout reprendre à une à une les pulsations gaspillées de mon palpitant. Je t'envoie ce SMS virtuel : « Merci monsieur pour cette aventure, qui n'a eu de belle que l'idée que je m'en suis faite ».

Certains états s'accommodent mal de décisions brusques et catégoriques. De ces états qui mettent en évidence bruyamment la faiblesse de la volonté. Tu m'as proposé ta couette, et je n'ai pas résisté. J'ai rampé, la tête en folie jusqu'à ton quatrième étage sans ascenseur. Tu m'attendais, serein, posé, comme si cette rencontre tardive était naturelle, sans dégât, ni souffrance. J'ai retrouvé mon calme, mon rire, l'envie de jouer avec toi et avec les mots.

Je n'ai laissé entrevoir aucune des séquelles des jours dépressifs précédents. Comment arrives-tu à effacer d'un sourire ma mémoire ? Comment arrives-tu à fermer le tiroir boueux pour entrouvrir celui où j'ai caché les trésors de nos acquis ? Tu l'entrouvres doucement, et tu poses une carte supplémentaire sur le château, avec assurance, sans trembler. Elle tient … en tout cas jusqu'à demain. Jusqu'au premier de mes souffles sans toi, qui mettra à nouveau le château en péril.

Belle journée du lendemain. Forcément. Les rayons du soleil d'automne me transpercent le cœur et l'inondent. Il capte toute l'énergie et déborde de joie, dégouline de miel. Mon Dieu, que j'ai eu raison de saisir la main tendue ! Mon Dieu, qu'il eut été triste de me priver de toi pour entamer le deuil. Report du sujet. On verra plus tard. Les compteurs sont remis à zéro, mais je n'avais de toute façon pas beaucoup avancé pour être honnête.

Repos le Mercredi suivant. J'ai hanté les couloirs nautiques de la piscine à ta recherche. Et tu m'as trouvée. Tu m'as attendue. Nous avons joué les amants dans la nuit du parking. L'imprévu est chaud et démultiplie le bonheur de l'instant. Je t'ai kidnappé pour la nuit. J'avais tellement envie de te donner du plaisir et que tu l'acceptes de moi. Merci de l'avoir pris simplement, en douceur, nous avons communié.

Mon Dieu cette histoire n'est pas terminée ! Elle me hante, elle me capte, elle m'empêche de me sentir en équilibre autarcique. Je suis tantôt en béatitude nostalgique, tantôt en manque physique. L'électrocardiogramme n'a pas retrouvé un rythme apaisé. Toujours pas de comportement rationnel en vue. Je vire chèvre !

Je prends sur moi, en tout cas j'essaie. Je te fixe des time-outs au-delà desquels je décide de ne plus donner suite à tes approches.

Dix jours déjà depuis notre rencontre, et je tourne à nouveau en rond. Je sais qu'il est vain de prendre des décisions abruptes. Que je ne les tiendrai pas. Mais j'essaie, je me débats, je lutte.

Nous sommes Dimanche, tous les espoirs sont permis. Alors j'organise ma journée pour libérer la soirée, sans surinvestir l'éventualité. Je me retrouve soumise, fataliste, à ta disposition. Je sais que ce sont ces moments que tu saisis pour raviver ma flamme, pour éviter que je ne t'oublie. Tu ne m'as finalement laissé aucune chance de m'en tirer jusque-là. Mais peut-être sommes-nous entrés dans une nouvelle ère, celle de la glaciation, celle de la transition vers une nouvelle forme de vie.

Je n'ai pas la force de le décréter, de l'imposer, mais j'aurai la force de le gérer. Les cartes sont venues confirmer que tu n'étais pas un cadeau divin, mais bien une étape transitoire de ma vie. Que les choses se feraient dans le temps. Alors je vais le laisser faire son œuvre, sans le brusquer et sans le laisser me balafrer. Je te le dédie momentanément, mais sache en profiter, il est furtif et me reprendra à toi.

Dimanche, 16h12, tu es là fidèle à notre rendez-vous moral. Tu me suggères l'aventure par SMS et je plonge la tête la première dans ton univers, sans trembler, sans imaginer reculer. Je saisis cette main tendue vers la douceur d'une nuit. Tu me rejoins. Nos discussions se cherchent, s'autolimitent. Il y a tant de sujets tabous, tant de voiles à ne pas soulever et qui pourtant me hantent.

Tu avais un bleu à proximité du nombril. Un bleu de la taille de ma bouche entre-ouverte. J'ai pensé à une autre, à l'énergie qu'elle mettait à te convaincre de rester ou de revenir, aux atouts qu'elle avait et que je n'avais sûrement pas.

Une seringue ! ce n'était en fait que la trace d'une injection pour te réguler dans ton combat pour l'équilibre.

J'ai résolument des idées noires te concernant. Des idées qui me conduisent à la jalousie, qui me conduisent à t'imaginer dans une vie parallèle peu recommandable, et pas compatible avec les sentiments que je te porte malgré moi.

La semaine passée, je t'ai visualisé en « harder », sur une scène de boite de sexe, en démonstration de virilité, devant un public admiratif et chaud bouillant. Oui, j'en suis arrivée à délirer ton emploi du temps, ta personnalité et tes addictions.

Il faudra quand même que nous parlions un jour. Parce qu'à chaque réponse glanée au détour d'une conversation, je découvre une réalité bien différente. Mais là encore, je ne prends pas la main. Je reste timidement dans le périmètre que tu me proposes. Pourtant, la timidité n'est pas dans mon caractère : c'est plus de la tétanie que de la timidité.

Malgré ça, hors les mots, tu provoques chez moi un lâcher-prise total. Tu me délivres de toutes mes barrières morales et m'emmènes dans une débauche d'expériences physiques dans lesquelles je fonds littéralement, te suis voire même te précède.

Je reste ensuite courbatue, meurtrie dans mes chairs, et envahie d'un bien-être réconfortant. Mon Dieu que tu me tiens fort. Mon Dieu que je suis perdue dans ce labyrinthe dont je ne cherche même pas la sortie. Dix jours, il va falloir maintenant rester en vie pendant dix jours avant ton éventuel retour. Mon emploi du temps sera creux de sens et dénué d'énergie. Encore une crise à gérer, un sale quart d'heure à intérioriser. Courage ma grande, ça va aller, tu vas tenir.

Tu m'as lâché au cours d'une conversation que tu ne voyais plus tes parents. Enfin, quand je dis tes parents, je veux dire ta mère, parce que ton père a dû te consacrer 24H au total dans sa vie, durée de conception comprise.

Alors, si je résume : tu as été lâché par ton père, puis par ta mère, puis par ton corps, et enfin par ta famille d'adoption, l'armée. Tu es doté d'une force de caractère hors norme, et t'es construit résolument en autarcie, en revanche, en réponse…

Pour autant, tu n'as rien de revanchard dans ta posture physique, ni dans ta posture mentale. Tu es d'une dignité absolue, et d'un équilibre altier.

Tu ne laisseras personne rentrer dans ta sphère, ni moi ni personne. Je sais que cela n'a rien à voir avec moi. Je sais que tu ne peux pas me le permettre. Que tu n'en prendras pas le risque. Que tu n'es plus calibré comme ça. Je dois m'y résoudre. J'ai un respect infini pour toi. Tu me manques déjà.

La transition s'annonce douce et tranquille, c'est suffisamment rare pour le souligner. L'explication en est simple, tu as gardé contact et nourri le lien.

Oh, trois fois rien, juste une attention écrite, à laquelle je ne m'attendais pas et à laquelle je me cramponne. C'est la preuve que j'existe dans ton univers en dehors de nos nuits folles. Et ça me suffit. Exister pour toi. Tu me manques encore.

Je regarde ton visage souriant en ligne. Je suis acquise à ta cause, ouverte à tes attentions, épanouie de cette sensation de partage que tu me renvoies quand je plonge mes yeux dans tes yeux figés. Nous en sommes à J+7 et je tiens encore solidement en équilibre. Je crois que c'est une première à graver d'une croix rouge. Tu contribues favorablement à mon ancrage dans la vie malgré la distance, et c'est chaud. Et c'est doux. Je pense à toi à chaque battement de cœur. Je me couche avec toi. Je me lève avec toi. Je ne te laisserai pas filer. Pas encore. Pas maintenant. C'est trop tôt.

J+10 et le fil est rompu.

Je replonge, me ronge à nouveau les sangs. Je prends peu à peu conscience que je te laisse faire de moi ta chose docile et domestiquée. Je refuse de n'être que ça. Je refuse même simplement d'être ça et m'apprête à en tirer les conclusions appropriées. Je ne prétends pas te donner du fil à retordre, parce que je ne suis pas convaincue que tu cherches ce type de relation de force. Mais je prétends travailler au retour de l'estime de moi. Je ne te laisserai pas m'imposer ton prochain timing, c'est entendu. Déjà vu : OK ; Pas tenu : OK ; mais ça le sera, parole de moi !

Il faut juste que je trouve le ton qui me convienne. Le choix est vaste. Je peux plaider le planning surbooké. Mais, sauf appui du destin, j'aurai du mal à mentir. Je peux ne pas répondre, laisser le vide s'installer. Je sais que ton égo est immense et que tu ne reviendras pas. En serais-je quitte pour autant ? Aurais-je alors la satisfaction du message passé ? Je ne suis pas convaincue. Je sens déjà ce goût amer du non-accompli, qui va me laisser sur ma faim. Non, je voudrais trouver les mots de la rupture. Les mots qui expliquent, que tu comprennes que je ne suis pas en train de jouer à l'italienne au sang chaud. Que je suis juste une fille équilibrée, respectable dont tu n'as pas su prendre soin. Que tu n'as pas su satisfaire. Qui tourne la page.

Je te crois trop fier pour y revenir. Tu ne viendras pas me rechercher. En tout cas pas ouvertement.

Nous aurons alors comme seule opportunité de nous croiser que le grand bac bleu du week-end. Peut-être si Dieu le veut.

Alors ces mots, lesquels choisir ?

Ça doit être court, bref et clair, sans appel.

« Merci pour la parenthèse, et merci de ne plus m'appeler ». La suite sera conforme, mais aucun message n'en sort vraiment. Cela laisse la place au questionnement, pas si mal. Pas de trace de sentiment, ma dignité est sauve. Ma guérison pourra s'amorcer.

Le sort m'a envoyé un coup de main cette semaine. Ou un coup de pied, je ne sais pas. Je n'arrive pas à trancher. Mercredi tu m'as proposé l'aventure, mais mon planning professionnel m'envoyait à Paris le lendemain matin, réveil à 5h15. Je n'ai pas eu le cran de te renvoyer dans tes 22, mais tu as décliné.

Ce soir, nous sommes Dimanche, l'abstinence dure depuis 2 semaines, je pressens ta sollicitation d'un instant à l'autre. Et je sais déjà que ma soirée sera solitaire : je suis en vidange mensuelle. Quand ça ne veut pas y aller ! Tu sais Roméo, tu aurais dû saisir ce petit bout de langue que je t'ai tendu Mardi. Moi je savais que c'était LA fenêtre d'ouverture de la huitaine. Et nous voilà maintenant tenus de tenir bon une semaine encore. Que je vais être en manque de toi quand tu reviendras ! En manque de ton corps. Epuisée de mes rêves nocturnes à forcer le trait de mes souvenirs usés à force de répétition. Je sais que le manque sera matière au creux de mon ventre et que mon appétit en sera décuplé. Je crois que c'est ça que tu cherches. A préserver l'envie par l'absence de routine et des répétitions espacées et entrecoupées de doutes. Si c'est le cas, c'est réussi. Et en principe, tu n'interviens pas là où je t'attends. Donc peut-être pas ce soir. Peut-être te réjouis-tu en ce moment de la farce que tu t'apprêtes à me faire par ton silence. Oui mais ce soir, le planning, c'est moi. Que tu le veuilles ou non, je ne peux pas profiter pleinement de ce que tu pourrais songer à me donner. Alors, je me couche. Je raisonne et préfère attendre un moment où je pourrai exploser sous tes caresses. Non, je ne veux pas gâcher. La chose est rare, elle doit être optimisée. Pas bâclée. Je reste en abstinence, pas franchement volontaire, mais dans une démarche volontariste. Pourtant, tu me manques encore si fort.

Il est 20h30, pas de nouvelle de ta part. Tu vois, tu ne m'as pas déçue. J'ai percé ton imprévisibilité. C'était trop évident pour que tu ne te donnes la peine de trouver une farce qui tente de me déstabiliser *(je dis tente, parce que c'est raté pour aujourd'hui).* Une farce destinée à me laisser pendre encore à ton cou.

Tu es réellement manipulateur. Ce soir je le sais, tu ne laisses rien au hasard, et ce, depuis le début.

20H35. Tu es là. Ton invitation est à peine travaillée. Tu as donc attendu le dernier moment. L'heure ultime du rendez-vous habituel pour te manifester. Pour me laisser me remuer les tripes et douter jusqu'au dernier moment. Pour attiser ma souffrance. Deuxième échec Roméo. Mon indisponibilité technique passagère t'a découragé. Tu m'as ouvertement préféré ta couette…

Enfin, je l'ai cru ! Et ta meilleure farce a été de venir sonner à ma porte à 22H. Mon dieu quelle joie ! c'est sûr que ce moment vaut toutes mes tensions, toutes mes sales pensées. Ton sourire ironique quand je t'ouvre la porte. Alors, heureuse ?

Une nuit calme, reposante pour une fois. Des étreintes de folie. Je ne me reconnais pas dans tes bras. Je suis affamée de toi, de ton corps, de ta virilité. Tu me rends animale. Je vais avoir à régler ça avec mon moi intérieur d'ailleurs, un jour. Est-ce toi qui me rends folle, ou est-ce moi qui suis en train de passer un cap majeur de ma sexualité ? Une nuit douce, un réveil en joie partagée. Nous avons ri, tellement ri. Un instant de bonheur pur. J'ai dû te laisser partir, encore sonnée, alcoolisée peut-être ? Et je rêve déjà de ton retour. Je n'étais pas en mesure de nous faire vivre une vraie nuit d'amour, alors je te préviens d'ores et déjà que je ne supporterai pas un délai de plus de 8 jours avant ton retour. Parce que si tu as un peu de pensées pour moi, tu sais que je ne suis pas repartie avec un stock de toi suffisant pour tenir plus longtemps. Ce sera d'ailleurs un bon test du respect que tu me portes … ou pas.

Mais ce soir j'ai confiance. Ton odeur rode encore dans l'appartement, sur ton oreiller, dans ma bouche. Le compte à rebours a déjà repris sa course.

J+3. Enfin ! Tu m'as renvoyé un petit bout de langue. Un clin d'œil de connivence qui va me nourrir quelques jours. Ou quelques heures, parce que je n'ai pas un appétit de moineau ! Je n'ai que douceurs en stock à ton égard ce soir. Reviens-moi vite.

Ma grande question ces derniers temps concerne la psychologie masculine. Qu'est-ce qui pousse un homme comme toi à venir me voir, puis à revenir me voir, et à revenir encore ? Ne faut-il y voir que le besoin de satisfaire un appétit physique ? Ou pouvons-nous commencer à imaginer le bout du début du commencement d'un lien affectif ? Je voulais me ménager jusque-là et ai toujours refusé d'imaginer la deuxième solution. Mais mes amis « pédés » *(je dis ça, parce que question dissociation cœur-physique, ils en connaissent un rayon !)* commencent à exprimer le fait que tu dois trouver dans notre relation autre chose que du pur physique.

Ah ! la porte s'entrouvre … vers l'enfer ! Le « rien n'est possible » permettait quand même de se protéger un peu. L'ouverture du champ des possibles peut faire perdre pied. J'étais déjà engluée, là je crains de me perdre dans des rêveries débiles. Bonne nuit.

J+8.

C'est le jour du test de ton estime pour moi. Ne me déçois pas, je t'attends ce soir.

18h15. Tu es là ! qu'il est doux d'être en phase. J'accours, je vole. Soirée douce, où tu te livres un peu. Je te cherche. Je me perds dans le labyrinthe que je te présente. Je te colle. J'en veux plus, je voudrais sentir ton manque de moi. Je sens ton bien-être, mais pas de dépendance apparente. Tu me laisse sur ma faim. Je vais encore déguster.

Nous ne sommes que J, et déjà j'en suis là. Je me plains une fois de plus.

Bon, retour à la dure réalité, il faut sérieusement que je songe à la rupture. Rupture d'avec une non-relation. Pas si simple.

Ça y est, j'ai trouvé le message clé. Les mots qu'il faut. « Time out. Game over Darling. Merci & profite. Biz ». Pas de rancœur, pas de reproche. Juste le mot fin à l'histoire pour pouvoir tourner la page et passer à autre chose. Parce que je vois bien que je n'arrive pas à passer à autre chose, et qu'il n'y a rien au bout de ce chemin.

Nous avons des points communs. La conviction que rien n'est possible.

L'envie de fuir les lourdeurs d'une relation insatisfaisante. Je réalise que je n'ai pas envie de t'expliquer mon départ, ma fuite. Je ne veux pas rentrer dans le menu détail de ce qui ne me convient pas. A quoi bon ? Cette année j'ai eu assez de ces situations douloureuses qui ne mènent à rien. A disséquer le pourquoi et à chercher des issues. Alors non, je ne recommencerai pas. Ce que nous avons vécu me le permet. Nous ne nous devons rien. Je ne veux rien te reprocher, et juste reprendre mes billes pour aller jouer dans une cour plus appropriée. Les questions résiduelles à traiter sont les suivantes : suis-je suffisamment sûre de moi pour ne pas replonger à la première sollicitation ? Si ce n'est pas le cas, il faut reporter la rupture. La deuxième interrogation est : comment gérer un éventuel appel de ta part pour comprendre s'il s'agit d'une plaisanterie et couper court à ton éventuelle envie de comprendre ? Je ne veux pas tomber dans le reproche. Je ne dois pas te renvoyer ce qui ne me convient pas, parce que je ne veux pas imaginer que tu cherches à t'adapter. Cela ne nous mènerait de toute façon nulle-part. « rien n'est possible ». Je dois parler de moi, de mon besoin de me recentrer sur moi. Simplement.

Ça y est, le déclic est en marche. Je me donne un plan d'action clair et facile à mettre en œuvre.

Acte 1 : je ne te réponds plus.

Acte 2 : je me prouve avec un autre que tu n'es pas le seul à qui je puisse trouver de la saveur, juste pour acter la rupture.

Acte 3 : je reprends ma quête de vie : trouver un alter-ego avec lequel tout sera possible. Je me remets sur la toile !

J+10. La mécanique de la rupture est toujours en marche, résolue.

Tu ne m'as pas contactée et tant mieux. Je confirme ma décision de ne pas répondre à ton prochain message et j'ai mis en place mon plan de sauvegarde : je suis repartie sur la toile en chasse d'une rencontre constructive pour la suite de ma vie.

Je crois maintenant pouvoir dire que tu m'as permis une transition en accéléré de mon ancienne vie vers la nouvelle. Tu m'as donné en concentré les leçons de vie dont j'avais besoin pour retrouver confiance puis pour retrouver l'envie. Bon d'accord, ces leçons sont à tes dépends parce que c'est en réaction à toi que j'ai retrouvé le chemin de ma projection. Mais je pense que tu sais depuis le départ que c'est la suite logique. Que tu ne m'as donné aucun point d'appui pour me faciliter la transition et les conclusions. Tu y as trouvé ton compte parce que tu bases ta vie sur des relations éphémères et multiples.

Je ne veux pas te donner trop de crédit ce soir parce que te rendre hommage serait prendre le risque de replonger dans tes tentacules. Mais quand même. J'ai du mal à ne pas te trouver sympathique, chaleureux et méritant pour le bien que tu m'as donné.

Voilà, je ne suis pas guérie, mais en marche vers ma guérison. Et c'est bien comme ça. Tu me manques quand même un peu !

Bon...raté ! La rupture, ça n'était pas encore pour cette fois. Mais finalement, c'est un peu comme la cigarette, il faut multiplier les tentatives de sevrage pour y arriver une bonne fois pour toutes !

Dimanche matin, tu m'as prise au dépourvu. Je n'ai pas pu résister plus d'une heure à ton message et le laisser face au vide. Je ne sais pas faire ça !

Je ne sais pas t'ignorer et surtout, je ne sais pas te laisser le loisir de passer à autre chose le jour où tu m'as inscrite dans ton carnet de bal...

Nous avons innové. Tu es venu à 15H avec truffes et champagne. Nous avons parlé, beaucoup. Tu t'es livré sur ce que tu as de plus cher. Tes sentiments et moi n'étions évidemment pas au programme. Mais j'ai pris ce partage de ta vie comme un privilège, un témoignage de confiance. Tu m'as dit ta souffrance de cette dernière semaine et ça m'a fait mal de penser que je ne peux t'être d'aucune aide dans ces moments-là. J'ai tenté de te faire comprendre que tu n'étais pas vraiment seul et que je pouvais être là pour toi si toutefois tu le souhaitais. Je pense que tu l'as entendu de mes regards implorants et que tu as eu la pudeur de garder ce message bien au chaud de toi.

Nous sommes allés au restaurant comme deux amants normaux et sommes revenus main dans la main au domicile élu pour la nuit.

Un rendez-vous hors de nos habitudes. Une innovation que je suis ravie de ne pas avoir ratée par une bouderie inutile. La partie est remise à une autre fois.

Déjà quinze jours que je me nourris de tes derniers sourires et de tes dernières étreintes. Mon horloge interne m'intime l'ordre de faire du ménage et de préparer un nid douillet pour la soirée. Ma journée entière sera suspendue à ta venue probable.

La trêve des confiseurs aura été riche en émotions, en messages mais aussi en absences de ta part. J'ai besoin de remettre à jour mes connaissances, je devrais dire de comprendre rétrospectivement ce qu'a été ta vie durant cette quinzaine.

En tout cas, je me suis occupée de toi et je t'ai fait un cadeau. J'ai eu l'envie de te faire un don de moi pour sceller ce que nous avons vécu. Pour te laisser une trace de moi en prévision du jour où tu ne seras plus là pour moi, ou de celui ou je ne serai plus là pour toi. Juste pour te dire que tu as compté. Les jours se sont égrenés, les semaines, les mois… nous en sommes à 5 déjà.

Reviens jouer avec moi ce soir !

Bingo, tu as pris rang dès 9h du matin pour ne pas rater ça. La journée peut commencer, et s'organiser autour de nos retrouvailles. Ça a été doux, une fois de plus, ou de plus en plus devrais-je dire. J'en arrive à sentir une communion croissante, de nos esprits, de nos corps. Chaque minute est mise à profit, pour rire, se parler, s'embrasser, se caresser. Je suis de plus en plus happée par ce que tu es : un homme simple, intelligent, fin, blessé mais fort, tellement fort. Ancré dans la réalité. Tu vas encore me manquer, mais je vais me nourrir de notre harmonie. Je ne sais pas comment je vais m'en sortir. Je ne sais pas si je veux en sortir. Pense à moi encore …

Tu m'as refait le coup de la quinzaine creuse. Absence. Abstinence. Pensées en boucle du lever au coucher. Le cauchemar.

Cette période me permet de refaire objectivement le tour de la question et d'en arriver à la seule conclusion possible, qu'il faut tout arrêter, vite !

Mais elle me met toujours face à cette évidence, je ne sais pas imaginer la coupure franche. Je n'arrive pas à te projeter hors de ma vie.

Alors je fantasme de conserver un lien avec toi qui ne soit plus charnel, mais ma tête oscille vigoureusement de droite à gauche pour chasser l'idée. Je ne saurai pas faire. Je ne saurai pas résister à l'envie de toucher ta main, de recréer le contact. Cette option est impossible à réaliser. Je dois l'exclure, elle n'a aucun sens.

Je sens que je ne saurai pas résister à ton appel. Je sens aussi que j'aurai du mal à être aussi souriante et rieuse que les dernières fois. Je suis moins légère avec ce poids de la situation à régler, sans le mode d'emploi en poche. Saurai-je mettre tout ça de côté pour profiter pleinement de l'instant. Pas sûr. Du tout.

J'ai été coupée du réseau pendant 15 jours et tu n'as pas réagi. Finalement, je pourrais être morte et enterrée que tu ne t'en serais même pas soucié. Je commence à te trouver moins pardonnable, à trouver de la rancœur. Je veux bien jouer avec toi, mais avec respect et j'en attend une réciprocité complète.

Tu n'as pas laissé passer l'heure du rendez-vous. J'ai su sourire, rire, revenir vers toi et te laisser refaire de moi ta chose. Encore un rendez-vous de 15H. Serait-ce la nouvelle donne ? Pas de changement dans la fréquence, mais une vie commune pendant 18H.

Et toujours ce même constat, nous passons un moment hors du temps, magique, sans l'ombre d'un nuage, mais sans évoquer le sens de notre relation, ni le moindre sentiment.

Tu m'as quittée hier matin après une démonstration de force : un baiser langoureux d'une dizaine de minutes, comme un don muet. Je t'ai chuchoté un « reviens vite » implorant, qui n'a trouvé comme seule réponse qu'un sourire ironique. Ou alors un sourire d'impuissance, je ne sais pas. Et puis voilà le vide qui revient au galop. L'inconnu du lendemain, les doutes, les certitudes sans plus de moyens pour les mettre en œuvre. Ce soir je me suis souvenue que les hommes n'étaient en général pas courageux. Et qu'il me faudrait moi porter le courage de la séparation, que je ne pouvais attendre aucune aide de ta part. Je vais devoir te les poser ces mots qui me hantent. Un jour. Je ne sais pas quand. Inch'allah. Je vais profiter de la douceur qui m'enveloppe pour l'instant. Et de l'odeur sucré de l'huile de massage qui reste imprégnée dans la chambre.

Déjà huit jours. Et j'avais fantasmé que tu avais entendu mon imploration. Mais non. Rien. Ta race !

Je me demande même s'il ne s'agissait pas d'un baiser d'adieux. Si tel est le cas, tu le fais bien. Même très bien. Avec un seul objectif alors : marquer ta proie au fer rouge.

Si tu as l'intention de revenir la semaine prochaine, sache qu'il faut en oublier jusqu'à l'idée ! Le prochain week-end, je pars à la capitale voir ma nièce et le dimanche soir sera une soirée virile au stade de Gerland. Tu vois, moi aussi j'ai des soirées foot.

Donc, la semaine prochaine je te plante là, tout seul, comme un égoïste qui doit payer le prix de son attitude. Tu peux compter sur moi pour ne pas te donner de signe de vie d'ici là. Ça, maintenant, j'arrive à le tenir fièrement, quel que soit le prix que cela me coûte.

Par ailleurs, pour ton information et parce que cela me permet de mettre un curseur à ma dépendance, sache que j'ai croisé sur la toile un homme qui me tente. Retour à un physique plus bestial, plus charnu, avec un esprit qui m'a l'air des plus fins. Un polonais. Peut-être me fallait-il un brin d'exotisme pour créer l'envie de passer à autre chose. Enfin, toujours est-il que celui-là, je ne le laisserai pas passer. Tu ne fais plus le poids. Je me détache petit à petit.

Nous sommes à la croisée des chemins. Hier soir, c'était J+15 et comme prévu tu étais là, fidèle à l'horloge.

Comme prévu j'ai décliné, et comme d'habitude je n'avais pas prévu le coup d'après ! J'aurais pu en pleurer de te renvoyer comme ça ta proposition à la figure. Je ne voulais pas ça et je ne pouvais pas reculer.

Tu as encaissé. Ce soir tu étais en ligne, attendant peut-être un mot de ma part, et rien … je suis restée figée, prostrée dans mon attitude fermée : surtout ne pas te solliciter, ne pas te donner de signe.

Moralité, conséquence ou pas, tu es parti et je reste avec ma frustration. Avec ma culpabilité. Je sens que je vais ronger mon frein un moment. Combien de temps tiendrais-je ? Je n'en ai aucune idée. Le cerveau doit faire son œuvre et transformer ou pas l'essai.

Et il n'a pas transformé l'essai !!!

Je t'ai envoyé un signe le mardi suivant et ai dû attendre deux jours que tu daignes m'informer de ta trachéite en cours.

OK, j'ai pris bonne note, and so what ?

Deux jours de rupture annoncée en boucle dans mon crâne et puis il a suffi que tu te manifestes pour que ma volonté s'effrite, se liquéfie, disparaisse. Encore …

Je ne veux décidément pas comprendre que je ne suis rien à tes yeux. Je m'accroche à du rien, à du vide, pour poursuivre le délire. Mais quelle tristesse. Quelle déchéance !

Tu as rattrapé le coup hier et as été fidèle au créneau horaire traditionnel du Dimanche.

Notre soirée a été creuse, sans saveur, une relation finissante en filigrane. Perceptible. Flagrant. Quelle tristesse. Ce soir j'ai envie de pleurer. Je sais que je ne nous laisserai pas mourir à petit feu. Que je couperai la branche avant qu'elle ne pourrisse.

Mon leitmotiv est « qui n'avance pas, recule » et nous n'avançons plus. Notre nuit a été belle, mais le contraste est saisissant.

Je crois que ce coup de couteau dans le cœur va me donner l'énergie de te parler. De te dire que je ne veux pas gâcher l'éclat de ce que tu as été pour moi. De te dire enfin ce que tu as été pour moi. Parce que je crois que j'ai besoin de te le faire savoir. Pour rien. Juste pour que tu comprennes ce que je suis et que je t'ai montré vraisemblablement sans jamais te le dire.

Tu ne m'auras décidément rien lâché pendant ces six mois. Tu auras été dur dans tes absences et avare de tes présences. A ne rien vivre d'autre ensemble que des nuits folles et des corps à corps enflammés, nous nous sommes perdus. Nos esprits n'ont pas suivi.

J'aurais voulu te donner tellement plus. Ton cœur a été étanche, il a développé des anticorps puissants qu'il ne m'a pas été possible de vaincre. Je suis dépitée. Je dépose les armes. Je dépose le bilan.

Tu vas me manquer.

J'ai essayé un antidote. Mon polonais. La veille de ton retour. Je suis même passée de son lit au tien pour être honnête.

Pas glorieux.

Le constat est effroyable : j'étais bien, mais son corps ne m'a pas fait envie. Je n'ai pas retrouvé cette magie du désir qui conduit à se déposséder, à se livrer à l'autre, à vouloir le dévorer. J'avais à peine envie de lui donner du plaisir, alors que j'implore le tien.

Et je t'ai senti fier de m'entrouvrir la voie de l'orgasme Dimanche. Tu me cherchais et tu as trouvé mon souffle gémissant. Un sourire de satisfaction t'a animé avant de me rejoindre sur l'instant.

Comment est-il possible de créer, faire et défaire autant d'histoires en un temps si court. Un jour je te respecte, l'instant d'après je te maudis. Chaque issue envisagée se termine en rêve d'une dernière fois… Encore une, la dernière, pour ne pas te laisser incompréhensif de moi. Pour que tu ne m'oublies pas trop vite. Tu tournerais vraisemblablement la page sans regret, habitué que tu es à ces rencontres de passage, à ces parenthèses. Je n'arrive pas à me résoudre à te laisser la voie libre, à te donner quitus.

En fait, je m'étiole. Je suis comme prisonnière d'un espace trop petit pour moi mais que je n'arrive pas à quitter.

P….., je n'ai toujours pas trouvé la solution !

Aujourd'hui, départ pour Marrakech, et je n'ai pas voulu subir de plein fouet le regret de l'acte manqué. Alors je t'ai appelé. C'est une première. Tu as répondu présent pour mon plus grand bonheur. Lendemain de St Valentin câlin, alors que nous avions crânement marqué un blanc de communication la veille.

Rencontre étonnante. Je suis aux aguets. Je surveille tes réactions pour mesurer ton attachement … ou pas. Tu as été aujourd'hui particulièrement tendre et en harmonie. Lâcher-prise suivi d'un relâchement musculaire sous la douche. Merci. Ma semaine loin de toi en sera d'autant moins tourmentée.

Hier soir, j'ai rencontré un ami qui souffre de la même pathologie que toi. J'ai essayé de comprendre avec lui, en quoi la maladie peut influencer ton comportement, ton attitude face à la vie. Il m'a confirmé que la gestion quotidienne de l'équilibre restait le seul but, l'enjeu majeur qu'il ne souhaitait pas partager ! Il m'a décrit sa pleine conscience d'une fin de vie difficile, les yeux et le reste. J'ai pensé en l'écoutant à ton avertissement initial : « rien n'est possible ».

J'en ai légitimé ta soif de vie et de profiter pleinement de la vie.

Je pars, en paix avec toi et en paix avec moi, c'est doux.

Séjour marocain sous le soleil. La chaleur qui réinvestit le corps laisse l'âme divaguer et se répandre en rêves sensuels. Tu ne m'as pas quitté d'une semelle de babouche pendant cette semaine loin de toi. J'ai nourri des fantasmes de rencontres charnelles et de communications verbales prolixes au cours desquelles nous nous avouions notre désir commun de nous donner plus.

Nous sommes Samedi aujourd'hui et je n'aspire déjà qu'au lendemain que je souhaite être le jour de nos retrouvailles. Quinze jours déjà, c'est notre contrat moral, tu te dois de revenir demain. Et j'ai la ferme intention d'oser te parler demain. Je veux te dire que je ne peux plus attendre les quinzaines pour vivre. Que j'ai trahi le contrat initial et me suis attachée à toi. Que j'en veux plus ou que je trouverai à défaut le ressort de ne plus rien vouloir de toi. Que c'est important pour moi, pour tourner la page. Je veux avoir le courage de te parler tendrement.

Bon, j'en arrive à penser que je ne suis pas courageuse. J'ai fui les sujets et n'ai aspiré qu'à profiter de ce joyau présent. Tu as tardé à te manifester et j'ai senti la pression monter doucement en moi, le doute m'envahir, le vide me grignoter pas à pas. Et puis tu as fait ton entrée en scène classique, comme si de rien n'était, comme une gifle évidente. Alors ton arrivée a été une délivrance et j'ai couché mes cartes. J'ai différé l'instant vérité. Je crains que cette histoire ne dure 10 ans si je ne me reprends pas. Et ça n'aurait aucun intérêt, je dois bien l'admettre. Tu sais mon attachement, je n'en ai aucun doute. Mes actes trahissent ma pensée. Mes pensées s'expriment de façon rustre.

Reviens quand tu veux, mais reviens vite !

Tu as décodé, reste à observer si tu vas me donner satisfaction ou te faire un malin plaisir à me laisser plantée là.

Ou encore, te garder consciemment de me donner des illusions en ne cédant pas à mes désirs.

Tu n'as pas bougé.

Tu m'as démontré par la quinzaine écoulée que je n'avais aucune influence, aucune emprise sur toi. Voilà qui est clair, limpide, transparent.

Je mesure le non-sens de mon attachement et j'en arrive même à voir cette relation comme une chose creuse et informe.

Si tu m'appelles Dimanche, je ne te sauterai pas dans les bras. Pas cette fois, je prends de la distance, je le sens. Tu ne me passionnes plus comme au cours de ces six derniers mois. L'étincelle se trouble. La magie se tasse.

Bis repetita.

Tu es revenu. Pourquoi ? Je ne le sais toujours pas. Mais tu es revenu. Sans plus ni moins d'empressement qu'à l'accoutumée. Sans plus ni moins d'amour que les fois passées.

Toujours ce manque de courage, cette crainte de te décevoir qui dévore mes mots à l'intérieur et les empêche d'exprimer le fond.

Une semaine creuse, un dimanche sans toi et le message est cette fois encore limpide. Tu ne me laisses pas dominer ton planning. Pauvre chèvre que je suis. C'est à prendre ou à laisser.

Une fois de plus, je me jure de laisser. Mais cette fois le scénario me convainc. Cette fois je le tiens !

Je veux fêter, communier la dernière avec toi. Consciemment. Sans larme ni drame. Comme deux adultes consentants qui vivent la nécessité de la séparation, mais savourent jusqu'au dernier moment la valeur du partage.

Je ne t'attends plus dans la quinzaine, je te veux juste au rendez-vous du Dimanche buttoir. Je cale mon scénario, je le peaufine, lui polis les angles. Je le partage avec mes amis proches pour le rendre inéluctable. Ils le confirment tous. J'y suis. Je sors du tunnel, la tête haute, le cœur sauf.

Mercredi.

Mais qu'as-tu fait ?

Pourquoi es-tu revenu déstabiliser mes convictions ?

Je ne t'attendais plus et te voilà déjà revenu. Un acte manqué. Un sms que je n'ai eu que tardivement et qui me laisse un goût amer. La culpabilité qui revient. Je l'ai vu trop tard, je t'ai raté, je t'ai fait faux bond ! Et dire que tu avais entendu mon message ! Que tu t'étais donné la peine de faire un geste qui démontre que tu m'en lâche un peu. Oh pas beaucoup, mais un minimum.

Le tremblement de terre ébranle déjà mon scénario. Et puis mes amis qui viennent à la rescousse, qui reconstruisent sac de sable par sac de sable cette digue de survie : oui, il faut continuer, persévérer et mettre en œuvre le scénario. Non, il ne faut pas renoncer, cela ne change rien.

Je le reprends à mon compte. Le hasard le finalise : le bracelet que je t'avais offert en signe de ce que tu comptais pour moi est réparé. Je vais pouvoir te le rendre Dimanche et nous ne serons plus en compte. De rien. Voilà.

Hier, j'ai rencontré quelqu'un. Nous nous sommes découverts et j'ai pensé à toi. A l'urgence de la nécessité de rompre. Au tout que tu représentes, et auquel il me faut pourtant renoncer.

J'avais envie que ce soit toi. La comparaison était là sous mes yeux, tu t'es imposé dans mon lit, dans mon esprit.

Je veux te chasser de là, par respect pour lui, par respect pour moi. Je refuse d'être privée de la soirée de rupture si nécessaire à la solidité du mot FIN. Je vais poursuivre mon chemin et finaliser ce qui doit l'être. Je vais te dédier ce putain de dernier Dimanche soir et tourner la page. Je le sais. Il le comprendra. Ou pas. Mais c'est nécessaire.

Tu n'es décidément jamais là où je t'attends.

Samedi soir à l'heure de l'apéritif, j'ai reçu un appel de toi. Visiblement un appel du hasard ; téléphone dans ta poche.

Je t'ai rattrapé quand même et j'ai foncé tête baissée chez toi, bracelet et champagne en main. Je t'ai trouvé beau, disponible, tout à moi et je n'ai pas réussi à te poser ce que j'avais concocté. Nous nous sommes donné de l'amour, tellement d'amour. De la tendresse infinie, de l'attention. Une de nos plus belles nuits.

Ce matin, c'était Dimanche. Nous avons petit déjeuné tendrement, mas j'étais hantée par ma mission. Te parler, rompre, en finir avec mon attente de toi.

Alors je t'ai tourné autour de l'oreille, et y ai finalement déposé mon angoisse : « si un jour je ne suis plus là, tu ne seras pas fâché ? ».

Tu as eu l'air surpris, en arrêt, et puis tu m'as lancé doucement : « si tu rencontres l'homme de ta vie, non ». J'étais pétrifiée, tu l'as vu et tu m'as demandé si j'avais un problème, alors j'ai trouvé la force de te glisser que tu me rendais folle.

« Alors il faut décrocher ».

Baisers tendres, départ.

Je me suis retournée, tu m'attendais à la fenêtre, nous avons levé et balancé nos mains.

Retour à la maison en état second. Comme un soir de boisson. Réflexes pas en place, conduite pas assurée. Je suis allée me coucher pour digérer. Et je ne digère pas, je sombre dans un état dépressif avancé. Mollassonne, sans énergie, le contrecoup.

Et puis mon cerveau me rattrape, me joue un sale tour, m'assène un coup bas ! Et si nous ne nous étions pas compris avec ces quelques mots. Et si tu avais compris que j'avais effectivement rencontré quelqu'un qui compte ! Que je t'aie trahi en somme. Que je n'étais pas toute avec toi cette nuit.

Ça y est, je suis repartie dans un délire profond, ne pas te laisser incompris de moi. Ne pas finir cette histoire sur un malentendu. Réparer. Préciser.

J'en suis là, il faut que je te rappelle. Vite. Ce soir.

« J'aimerais que tu viennes ce soir »

Tu déclines et je ne sais pas à quel titre. Retour à la case départ.

Enfin, retour à la case départ, sauf que les règles du jeu ont changé. Il n'y a peut-être même plus de jeu. Nous sommes à l'heure théorique des retrouvailles et tu n'es pas là. Ces derniers jours ont été longs, le doute les a rendus pénibles.

J'ai réalisé que tu ne me faisais plus rire, et que tu me faisais même perdre mon sourire. Je suis en dépression légère. Pas de goût à la vie et à ses petits plaisirs qui habituellement m'enchantent.

Ce matin j'ai changé de posture et ai réussi à magnifier nos probables retrouvailles du jour. J'ai senti et ai projeté la façon dont j'allais retomber sous ton charme dès ton entrée en scène.

Mais voilà, tu n'es pas là.

C'est peut-être la première brique de ma reconstruction, le premier jour de mon abstinence à vie de toi. Je suis prostrée, fataliste, soumise à ta décision. Je l'ai bien cherché !

Je vais rester fidèle à ma posture, je ne t'appellerai pas, je ne te chercherai pas, je vais tenter un retour à la vie.

Tu ne me quittes pas. Tu m'obsèdes. Tu es là, présent dans mon dialogue interne, jours et nuits.

Je te garde une tendresse infinie, une envie de coming-out sur des sentiments réciproques, un espoir de quiproquo théâtral qui pourrait se solder par un baiser de cinéma sur les quais du Rhône, au pied de la péniche.

Je ne sais évidemment pas ce que nous réserve ou pas l'avenir, mais je t'inscris d'ores et déjà parmi mes plus belles rencontres, parmi les plus intenses tranches de ma vie.

Je n'ai aucune rancœur, c'est ça mon sentiment profond. Je n'arrive pas à t'envisager autrement que comme une bonne étoile qui est venue éclairer ma vie pendant ces quelques mois.

Je ne comprendrai jamais je crois comment raisonne ton cerveau quand il vit des moments magiques de bien-être et qu'il ne t'ordonne pas d'en demander plus, de renouveler vite.

Mais il faut que tu saches que ton cerveau aussi me rend dingue ! Mon attirance n'est pas que physique. Le physique est la conséquence du reste. Je suis attirée par toi dans ton entièreté. Enfin dans celle que tu as daigné me dévoiler.

Les trois semaines ont sonné le glas.

Je m'embourbe dans la nostalgie de toi. Sommeil cassé.

Je voudrais savoir ce que tu vis toi. Rien peut-être. Non évènement sans doute. J'en doute.

Et de quatre ! Et mon équilibre qui ne revient pas. Je m'enfonce chaque jour un peu plus dans la nostalgie. Je commence à toucher du doigt ton indifférence. Tu as tourné la page sans remord, sans sourciller.

Que ne t'ai-je trop donné ?

Je me retrouve face à ce que je n'ai pas voulu voir pendant 8 mois, et je sens bien que j'en suis co-responsable, mais cela ne change rien.

Je sais que tu as une tête de bois. Que ce que tu as décidé, tu vas le mettre en œuvre froidement, obstinément. Il ne sert à rien que je me poste au bord de ton chemin. Ton chemin ne croisera désormais plus le mien.

La pilule est un peu grosse à avaler, je ne déglutis pas, elle reste coincée au fond de ma gorge. Pas de râle en sortie, pas de larmes, juste une boule douloureuse qui stagne et que je n'arrive pas à extirper de mes pensées.

Je reste prostrée, le regard hagard sur mon nombril et attends le déclic du retour à l'envie, sans savoir comment le provoquer.

Marie a raison, ça doit être ce qu'on appelle un chagrin d'amour.

Si tu m'as décroché pour me protéger de toi, peut-être gardes-tu une infinie tendresse à mon égard, et ça ne serait déjà pas si mal. Je préfère ça à l'indifférence.

J'ai la désagréable sensation de ne pas avoir trouvé le mode d'emploi, d'être passée à côté de toi sans avoir su comment t'atteindre. Tu avais provoqué au début un retour énorme de l'estime de moi, tout est brisé à présent, retour à la case départ, il me faut tout reconstruire.

Quand on n'a plus rien à perdre, on se dit qu'on peut peut-être provoquer la chance. Que l'orgueil blessé ne serait finalement qu'un tout petit bobo.

Je n'ai pas tenu, je me suis postée au bord de ton chemin.

Nous sommes Dimanche midi, repas arrosé, un peu trop de rosé, un sms comme une bouteille à la mer « tu es mort ? Je le déplore ».

Pas d'attente fébrile, plutôt une résignation morbide.

Et voilà que tu entres en scène à nouveau. « Même pas mort ». Tu appelles, tu accours pour la soirée.

Le déballage de nos nouvelles respectives est rythmé, enjoué. Des réponses avant même les questions posées. Une complicité heureuse. Tes dernières analyses sont très bonnes. Ton contrat va s'arrêter. Ça y est, tu vas partir à l'autre bout du monde en quête d'aventures sans moi. Tu vas aussi bientôt remplacer feu ton vélo jaune de compétition et tu fais du sport à outrance. Tu croyais que j'avais rencontré quelqu'un. On se dit à mots couverts que nous ne sommes pas là par hasard. Le rythme est accéléré par la vodka que tu as apportée. Et puis les câlins qui commencent. Des baisers langoureux, puis fougueux qui nous entraineront au bout de la nuit. J'ai dormi dans tes bras, consciemment. Quelques réveils brumeux, juste pour acter que tu es là et que je suis bien.

Traditionnel bain à deux, pour le lever du jour. Des caresses encore. Une tendresse qui coule de source. Des échanges simples, comme si nous allions nous retrouver le soir. Comme s'il n'y avait pas urgence à anticiper la pénurie. Sauf que moi je suis déjà dans l'anticipation. J'essaie d'en prendre plus parce que je sais que ce soir tu ne seras pas là. Je te suis dans la cage d'escalier, j'ai du mal à te laisser partir. Je suis comme ça. Insatiable.

Nouvelle quinzaine creuse.

J'avais presque oublié l'attente.

Ton retour préparé comme une évidence et puis les minutes qui s'égrènent jusqu'à 20h27 sans signe de toi.

Le doute qui revient.

La tête à l'envers.

Enfin tu te manifestes. Evidemment je suis là et encore là et toujours là pour toi.

Tu me fais le coup de la façade qui va bien et je sens le fond en souffrance. Ton inactivité prochaine te déstabilise. Nécessité de penser et structurer ce vide annoncé. Tu es en réserve parce que tu n'as pas encore consolidé ton équilibre. Je n'ai pas le temps de formuler que tu peux venir me voir quand tu veux. Tu me devances et me dis que tu le sais déjà.

Incroyable. Tu as donc entendu et compris tout ce que je ne t'ai pas dit avec des mots.

Et puis le Champagne qui coule dans nos veines réchauffe les cœurs et nous emballe, nous conduit à l'attendu. Ta peau toujours aussi douce, ton odeur comme une réponse exacte à mon souvenir de toi. Tu es donc bien là. Nuit au creux de toi.

Cela fait à présent plus d'un mois que je n'écris plus. Douloureuse conscience d'une histoire qui se répète et n'avance pas. Je reprends la plume parce que la douleur de l'histoire qui recule se fait de plus en plus sentir. Elle est omniprésente.

Tu ne m'as pas quitté, mais tu me ronges.

Les moments d'euphorie ne sont plus, l'heure n'est pas plus à l'apaisement. Elle est à la destruction intérieure que je sens physiquement.

Je sais que tu ne vas pas forcément très bien. Tu te débats dans ton inactivité en jouant la carte du sport à outrance, des excès autres certainement aussi. Mais je sais que le doute de la suite ampute ta disponibilité d'esprit et ta tranquillité. Tu as relancé ton projet de vie, ce procès auquel tu aurais pu mettre un point final avec le sentiment du devoir accompli. Non, tu ne tourneras pas la page, la Grande Muette n'en sera pas quitte à si bon compte. Et pourtant, c'est bien de toi qu'il s'agit, tu n'es donc pas prêt à tout lâcher, à te détendre, et à passer à quelque chose de plus constructif.

Tu prends la posture de l'équilibre absolu qui masque en réalité une faiblesse fondamentale, un vide effrayant.

Toujours est-il que dans ce contexte, ton attitude toujours plus détachée me laisse encore un doute sur ta nature profonde et celle de tes sentiments pour moi. Enfin je veux dire sur le sens que tu donnes à notre non-relation. Suis-je en train de devenir un pilier affectif ou un simple support d'exercice de tes besoins physiologiques ? Ton attitude est de plus en plus égoïste, et de moins en moins dans le partage. Les réponses varient d'un jour à l'autre, d'une heure à l'autre. Je n'ai pas évolué dans mon addiction à toi.

J'ai bien conscience de m'accrocher au fantasme que j'ai créé de toute pièce, mais je n'arrive pas à me résoudre à te poser dans un coin en t'affublant de reproches dont je n'ai pas encore la certitude que tu les mérites tous. Je ne veux pas être injuste ni trop radicale. Pas encore. Et pourtant. Tu ne prends pas beaucoup soin de moi. Enfin, pas du tout. C'est d'autant plus criant que j'ai, moi, envie de te donner infiniment. Tu prends et te lasses plus vite de recevoir que moi de donner… C'est quand même un comble !

Faut-il que j'aie si peu d'amour propre pour ne pas tout reprendre et la poudre d'escampette avec !

Concrétisation de ton projet de départ. Tu me quittes demain pour Rio. A toi le soleil, la mer et les excès que je ne manquerai pas de t'attribuer pour attiser ma souffrance.

Ce soir tu m'as donné un signe de mon existence dans ta vie. Tu as pris la peine de m'informer de ton départ et de préparer de quoi m'envoyer de tes nouvelles. Un signe qui m'a fait du bien et va me faire beaucoup de mal.

Je sens déjà le prix à payer qui se bouscule dans ma tête !

Je me dois donc d'être là à ton retour, je te dois de ne pas te décevoir…ça y est, un romantisme absurde s'empare de moi et me lie à nouveau à toi.

Ce signe infime que tu m'as donné va me nourrir la tête pendant 3 semaines. Une chaleur douce s'empare de mon esprit et me rapproche de toi. C'est une béatitude stupide qui m'envahit. Mon dieu, je suis obligée d'admettre que je ne suis pas guérie de toi, pas du tout.

Un point positif de ton absence, c'est qu'elle me renvoie à la réalité de la nature de mes errements sur la toile. Elle va me permettre de mettre le doigt sur le fait que c'est toi que j'attends en vain, et que rien ne trouve grâce à mes yeux et ne mérite que je remette en cause notre non-relation.

En même temps, c'est une forme de destruction personnelle que de te laisser la main sur mes années charnières de fécondité. Tu n'en feras rien et je le sais. Est-ce un aveu de ma digestion de ce que ma vie ne sera pas ? Une façon de me conduire là où je vais, seule, doucement, mais sûrement. J'espère en tout cas ne pas le regretter plus tard et que mon attitude est plus réfléchie qu'il n'y parait.

Je crois pouvoir dire que je t'aime fort, à ma façon.

Bon, tes trois semaines d'évasion sont finalement passées très vite. Entre le boulot et les fausses quêtes d'amoureux sur la toile… Tu ne t'es pas beaucoup éloigné de moi.

J'ai reçu hier ton clin d'œil du Brésil…quelle blague ! Une carte soignée, à l'écriture soignée, au fond un peu détaché… mais avec deux timbres annonçant un télégramme amoureux !

Le détail qui fait toute la différence et pourtant que tu n'as peut-être même pas choisi volontairement ! Mais c'est à ce genre de détail que la pauvre timbrée que je suis s'accroche ! Elle m'est douce et restera en évidence dans mon quotidien quelques temps. D'ici cette fin de semaine, je m'évade et quand je rentrerai tu seras également de retour dans notre bonne vieille ville.

Je n'ai pas décroché tu vois.

Alors, je vais me faire juste une promesse. Pour moi. Pour me préserver un peu.

Si tu ne te donnes pas la peine de venir vers moi d'ici Dimanche prochain, je m'envole, je te claque dans les doigts, je disparais de ta vie.

J'ai besoin de sentir que je compte pour toi et je sais que tu ne me donneras pas de mots, alors les gestes vont compter.

Si le compte n'y était pas Dimanche, je t'enverrais l'addition lors de ta prochaine tentative. Ton manque d'empressement serait nuisible pour mon amour propre et je te le ferais savoir.

Voilà, ça n'est pas encore la rentrée, mais les bonnes résolutions sont déjà là !

Bon, nous sommes Dimanche, à la croisée des chemins donc !

Remise en ordre matérielle et morale. Préparation à la fête, musique de circonstance...

Je t'ai attendu, tu n'es pas venu. Je suis forcément déçue d'être seule à ce rendez-vous imaginaire. Je pars quelques jours pour me retrouver et quitter cette vie urbaine dans laquelle j'ai développé trop d'addictions néfastes à mon équilibre. Tu es l'une d'entre elles.

Retour à la ville, après un épisode familial riche des relations avec la nouvelle génération.

Mon attente de toi reste l'unique obsession. Nous sommes Dimanche, et je sais déjà que je ne tiendrai pas ma dernière résolution si tu te signales à moi ce soir.

Pas grave, ce serait la moins mauvaise nouvelle ou surprise de la soirée. Mais je ne te sens pas en ville en ce moment. Mes indicateurs sont en électrocardiogramme plat. Ce qui fait que même si tu ne revenais pas ce soir, je ne t'en tiendrais pas rigueur. Tu vois, plus tu me délaisses et plus je te donne quitus.

Tu n'es pas venu.

Mon alibi annuel pour prendre contact l'air de rien est là, c'est ton anniversaire aujourd'hui !

Tu me glisses un indice en retour, tu es à nouveau en ville, rendez-vous à minuit chez moi pour la fête.

Belle soirée de retrouvailles et tu m'as donné de nouveaux signes que j'existe un peu dans ta vie avec ces souvenirs brésiliens.

Mais tu ne m'as pas donné que ça … tu as aussi parsemé notre soirée de messages à peine subliminaux sur ton autre vie, celle que tu vis sans moi. Celle que tu vis avec d'autres.

C'est un peu comme si tu voulais me rappeler que je ne dois pas attendre quoi que ce soit de toi. Comme si tu craignais que je ne m'attache trop à toi et que tu ne veuilles pas y contribuer et être en paix avec toi même.

Alors je vais devoir te rassurer …Je sais tout !

Je sais que rien n'est possible.

Je sais que je ne suis pas la femme de ta vie et que tu n'es pas amoureux.

Je sais que tu n'es pas l'homme de ma vie même si je suis amoureuse.

Je sais que j'ai développé plus de sentiments pour toi que tu ne pourras jamais en absorber ou en accepter de moi.

Je sais que je dois continuer ma quête de l'homme idéal et que tu seras prêt à accepter la rupture quand je te le demanderai en pleurs.

Tu vois je sais tout !

Mais je sais aussi que je n'ai pas envie que tu me dises des grossièretés qui me font mal à entendre et qui me font réagir vivement.

Tout ça n'est pas très rationnel. Enfin, pas très, surtout pas du tout… et alors ? Que veux-tu que j'ajoute ? Ca aussi je le sais, objectivement…mais ça ne change rien.

Toujours est-il que tu étais là, que j'étais, moi aussi, encore là et que nous nous sommes retrouvés. Le drame de l'attente peut reprendre nerveusement, avec toujours autant d'espoir de tes anticipations potentielles, et de craintes de tes reports probables. Vais-je devoir attendre une quinzaine tandis que j'ai dû affronter un mois et demi de sevrage ? Plus d'alibi en poche pour ma part … je te rends donc la main.

Bon, la quinzaine est passée et tu n'es toujours pas au rendez-vous. Je sens que mon fantasme s'éteint petit à petit, et force est de constater que le tien semble avoir fondu dans les mêmes proportions.

A la fois, toutes les bonnes choses doivent prendre fin, d'autant que tu n'étais pas qu'un cadeau dans ma vie et à la fois, je suis triste et désemparée de sentir que tu t'es probablement définitivement éloigné de moi.

Je pense à tous ces mots que je n'ai pas posés sur la table et que je vais devoir digérer seule. En tout état de cause, et pour paraphraser Edith, je ne regrette rien. Non, rien de rien !

Je reste fidèle à l'esprit de notre aventure : nous avons toujours su, toi et moi, que chaque fois pouvait être la dernière. C'était la règle du jeu et nous savions que nous la respecterions. Respect reste le maître mot et je respecte ton choix.

Un mois à présent sans nouvelle de toi. Et je sens que la bête s'apaise. Le monstre de toi, inoculé en moi, s'essouffle et ne geint plus. Il respire encore. Soupire. Mais n'a plus mal.

J'en arrive à te remercier d'avoir pris cette initiative de rupture. Je sais que je n'aurais pas eu le courage de couper les chairs à vif et que la situation aurait pu s'éterniser pour mon plus grand danger.

Je te cherche encore un peu. Je sais que tu ne m'attends pas. Je sais que j'aurai la force de ne pas te rappeler. Non mais ! il ne manquerait plus que ça ! Je t'ai déjà laissé le loisir de me consommer à volonté sans rien te demander en échange. Je t'ai déjà laissé mesurer mon attachement sans mendier de sentiments. Je vais maintenant te laisser deviner mon équilibre et mon autonomie.

Sache que je saurai assumer ce manque de soucis apparent pour toi.

Comme à l'accoutumée, c'est quand je ne t'attends plus que tu déboules. En sifflotant, d'un air dégagé. Nous nous étions vus la dernière fois un 27 du mois, et tu m'as laissé douter jusqu'au 28 du mois suivant. Serait-ce le nouveau tarif de ta prestation ? Il faut savoir t'attendre un durant mois pour te mériter ? Au début, c'était 8 jours, puis 15 et maintenant 30 !

Comment traduire cette évolution ? Est-elle le fruit d'un raisonnement méticuleux qui tendrait à démontrer ton soin à créer la dépendance ? Ou est-elle simplement le fruit de la lassitude que je t'inspire à présent ?

En tout cas cette fois, je ne t'ai que peu laissé le loisir de mesurer mon attachement. L'air dégagé commence à me connaitre. Je ne crois pas qu'il te faille trop de sentiments. Je crains que cela ne t'embarrasse plus qu'autre chose et que tu préfères une parenthèse sous-jouée à une démonstration d'affection débordante.

Je saurai m'adapter et ne t'appellerai pas plus cette fois que les dernières. Mais mon petit doigt me dit que tu reviendras avant un mois. Simplement parce que tu as senti que j'avais pris de la distance, et que ton coté guerrier ne me laissera pas m'enfuir aussi facilement.

Gagné ! Comme un saumon revient à sa source, tu es revenu à moi dans la quinzaine. Tiens ! Je commencerais à comprendre quelque-chose ? En tout cas, j'avais sereinement décidé de prendre les devants et n'en ai pas eu besoin. Tu m'as devancée de 15 minutes.

La mise en scène et en miroir de notre précédente rencontre t'avait visiblement plu, nous avons rejoué la scène avec encore plus d'application, de démesure et d'émotion. Je crois que tu vas bien !

C'est étonnant et incompréhensible vu de l'extérieur. Mais nous avons finalement une vraie relation quand bien même elle ne s'exprime qu'entre parenthèses.

Il y a la vraie vie, mon job, tes activités, les amis. Et puis il y a nos parenthèses de partage et de tendresse. C'est un équilibre précaire certes au niveau affectif. Mais quand la conviction même de l'existence de la relation est forte, l'équilibre est serein et indiscutable.

Et chaque instant de ta présence est mis à profit. Réveils nocturnes de bien-être. Réveil câlin du matin. Le bain. La proximité.

Le tarif de la quinzaine est désormais de mise…Ancré ! Un peu comme si nous n'avions été perturbés que par la trêve estivale. Ce rythme régulier, avec malgré tout une surprise sur le jour J m'équilibre et me stabilise. Je sais maintenant que tu reviendras. Je le sais dix jours durant et ne deviens nerveuse qu'au cours des dernières heures. C'est gérable. C'est agréable.

Lors de ta dernière visite, annoncée par le klaxon désuet de mon téléphone, nous n'avons même pas abusé de nos corps. Enfin, pas comme d'une priorité absolue. J'ai abusé de toi un peu. Désir incontrôlable de te faire plaisir et les femmes savent que le plaisir ultime vient de l'absence de tabou.

Je crois que ma dépendance affective est lisible au travers de ma gestuelle. Pas grave.

Nous n'avons consommé qu'au petit matin. Et mon dieu que ça a été bien. Tu es un magicien.

La vodka nous avait anesthésiés au cours de la soirée. Les échanges ont été vifs, suite du feuilleton ; de ta vie principalement. De la mienne, un peu. Mais je reste finalement assez discrète. Mon emploi du temps n'a rien de passionnant. Je ne t'ai pas avoué que j'avais flashé sur un homme deux jours auparavant. Oh ! qu'il est doux de flasher en direct live sur un homme juste là par hasard ! Celui-là, il a tout ! Si je le croise à nouveau, je crois qu'il est celui qui pourrait te détrôner. Je ne t'oublierai pas, mais je pourrais passer à autre chose pour ma vie.

Je vais faire une pause même si je t'ai fort dans le cœur. Je t'embrasse tendrement.

Epilogue

La lassitude et la répétition des scènes de vie sont tangibles sur la fin de la relation.

Elles peuvent être considérées comme ennuyeuses, imparfaitement relatées ou mises en valeur pour qui ne décèle pas la subtilité et les nuances infimes d'un détachement progressif et douloureux.

Cette récurrence est, je le crois, un mal nécessaire avant la prise de décision de la rupture, comme un saut dans l'inconnu.

Elle est le reflet de la difficulté à se faire à nouveau confiance et à refaire confiance à l'avenir et aux mille surprises bienfaitrices qui nous attendent après une parenthèse destructrice.

Sans présager de l'intention même des acteurs, cette parenthèse destructrice percute violemment l'estime de soi. En conforte d'abord l'anéantissement initial, puis, au fil des mois et des déceptions, recrée des interstices puis des intervalles de sursauts salvateurs.

Une période de négation de soi comme celle-ci est le terreau fertile du questionnement : qu'est-ce qui ne me convient pas ? Qu'est-ce que j'attends vraiment ? Quelle est ma quête et le sens que je veux donner à ma vie ?

Chacun, chacune a ses propres réponses et peut construire son rêve, le peaufiner pour que l'aventure d'après soit l'Aventure tout simplement.

C'est un « entre-deux vies » intense, certes, mais qui n'est pas La Vie, et dont la qualité première, la brièveté, n'est que l'ombre de la seconde, la passerelle qu'elle créé vers une renaissance fertile.

Ne vous laissez pas voler des tranches de vie fondamentales ! Réagissez ! Gardez le cap, votre cap ! La suite n'en sera que meilleure.